—和风录

京都旧事

古都尘封的日与夜

〔日〕夏目漱石 柳宗悦 等 著

侯咏馨 译

中国出版集团
中译出版社

目录

时节趣味

人间剧

写在前面

京都岁月
——日本巨匠作家笔下的古都物语

◎ 京都大学博士　王文萱

曾作为日本千年都城的京都，像是本活的日本史。上一页还讲述着平安时代的繁华，翻过一页便跳跃了千百年，记录着经历明治维新的千年都城，如何迈向新时代。从古至今的日本，都被记载在现下、眼前的这个京都当中。漫步在京都，常让人觉得像是穿梭在不同的时空。

京都因此迷人。无论于什么时代造访，都可能在不经意之处，一窥她的昔日面容。自古至今，文豪们陆续造访，不但留下了记载当下的文字，做了时代见证，也为京都的历史，添增了数笔文豪们带来的故事。京都见证了文豪们，抑或说是文豪们见证了京都。

从幕府锁国踏入开化文明，再到民艺运动

安土桃山时代，许多基督教传教士进入日本，其后引起江户幕府颁布“禁教令”，进而锁国。芥川龙之介的《阿忍》，描写的便是在这个时代背景之下，外来的基督教与日本固有的思想，有着什么样的冲突及矛盾。文章开头的“南蛮寺”，指的是战国时代至江户时代初期兴建在日本的教堂。故事结束于神父与女子对话之间的冲突，令人深思基督教的一神信仰遇上了日本的武士道精神，究竟是相斥、是矛盾，还是能够融合，进而取得平衡？

时代来到明治时期。菊池宽的《鸟羽伏见之战》，记载了这场在京都南郊鸟羽伏见爆发的武装冲突及其前因。由于新政府决定要幕府将军德川庆喜向朝廷返还官位和领地，因此支持幕府的藩军决定向京都进

军。明治元年（1868），新政府军队与幕府军队于京都南郊交战，后者战败。在此战之后，幕府将军德川庆喜逃回江户，并且交出职权，预告了新时代的来临。

福泽谕吉于明治五年（1872）造访京都考察，在《京都学校札记》当中，翔实地记下进入新时代之后，在京都创立的新学校，有着哪些设备、课程内容，以及上课情形如何。“四所中学聘雇外国人，教授英、法、德语。授课内容与东京、大阪大同小异。……有中学设置英语教学女工厂。雇用英国籍教师夫妇，先生教授男子英语，夫人照顾女孩……”可窥知当时日本刮起的这阵洋风，以何种模样吹进了京都。

国家近代化，带动商业活动，许多商品被大量生产并消费，因而粗制滥造，这般背景促成了“民艺运动”的兴起。民艺运动的中心人物柳宗悦，受19世纪后期由英国威廉·莫里斯（William Morris）引领的“工艺美术运动”（Arts & Crafts Movement）影响，致力于发掘民众日常用品之美。柳宗悦在关东大地震

（1923）之后移居京都，在此生活了九年，期间他时常造访京都晨市，搜集市井杂货。他在《京都晨市》一文当中记载的两大晨市——弘法晨市及天神晨市，现今仍于每个月举行，聚集了许多当地人及观光客。而民艺运动的中心思想“民艺”两字，其实正是来自柳宗悦在市集中听到的俗语“下手物”这个词，“下手”表示物品的质量普通，价格又低廉。后来这个词汇被广为流传，为了避免遭误解，柳宗悦等人才选定“民艺”两字取代。由此可见京都的晨市，对柳宗悦推广民艺运动，有着不可小觑的影响力。

文豪们眼中的京都四季

生长于京都的女性画家上村松园，笔下的京都柔软可亲。《昔日京都》《京都夏景》细腻描绘出她怀想中的昔日京都面容。街上女人们梳着日式发型，插上精致的发簪；三味线、净琉璃、民谣、胡弓……是城里四处不时传出的背景音乐。七月祇园祭、八月中元节，清凉又闲适的夏季景色，历历在目。

而京都四季当中最诱人的景色，莫过于春樱了，特别是哲学家九鬼周造为之写的《祇园的枝垂樱》。“在这美神的身旁，我觉得一切皆美，一切至善……无论人们多么疯狂，做出多么离经叛道的行为，在这樱树之前，未必是一件丑事……我打从心底祝福这些不知打哪儿来的人们，愿他们都能幸福。接木的老樱树啊，快点重返年轻吧。展现你的美与爱，成为维护人性的守护神吧。”擅于使用西洋哲学方法来解析日本传统文化精髓的哲学家九鬼周造，不避谈樱花树下的醉汉或站着小便的男子。或者可说，正因为这些欣喜赏樱的人们，在樱树下展露出“人”的各种样貌，樱花的美才更为美。

春日京都，不可或缺的除了樱花之外，还有舞艺伎们登台公演的大型盛会“都舞”。“都舞”是京都最大花街（“花街”指舞艺伎屋汇集的区域）“祇园甲部”舞艺伎们的舞踊表演，现今于每年 4 月 1 日至 4 月 30 日，在京都祇园甲部的“歌舞练场”举行。宫本百合子的《高台寺》便是以此为背景写成的短篇小说。透过对话，桃龙、里荣这两位活泼的舞伎，好似活脱脱地在我们眼前，举着樱花枝跳舞、嬉闹、恶作剧……文中描绘了舞伎的生活日常，这种有些平凡又有些特别的场景，充满了京都风情。

哲学家和辻哲郎，则是用“色彩”描绘了《京都四季》。他居住京都十年，回到东京之后，才发现京都经验让他感到东京的植物色调令人生厌。他仔细描写不同季节、不同树木的各种色调变化，例如只是几十棵枫树，就有分成四五种不同颜色的新芽。叶片由绿变黄、由黄转褐或红，到了冬天还有常绿树与白雪搭配而成的美景。京都就在这份平静且低调的冬日景致当中，准备迎接一年之始。

料理界的孤高帝王鲁山人

谈论京都的美食，很难有比北大路鲁山人更适合的人了。他对“美”十分敏感，自早便显露出才华，拥有美食家、陶艺家、书法家、篆刻家、画家等多样身份，因此他对于“食”，追求的不只有滋味，更讲究“美”。而且他自信过人，个性孤僻、桀骜不驯，人们对他的评价褒贬不一。由于鲁山人批评他人毫不留情，说话率直甚至刻薄，所以透过他的文章，可窥知许多异于平常的想法。

例如，在《香鱼胜地》一文当中，鲁山人指出了各地人们敝帚自珍的盲点。“当地生产的新鲜农作物，滋味自然鲜美，大老远送来的食物，岂会好吃？大部分的乡下人，因为这个缘故，认为只有当地的食物最好吃……井底之蛙眼中的世界极小，永远看不见真正的价值。”对美食标准如此严苛的鲁山人，也认定京都北部“丹波和知川的香鱼，实属上乘……目前尚无能出其右者”。可见京都的香鱼，的确值得一尝。

出身于京都上贺茂神社世袭神职之家的鲁山人，二十岁之前主要生活在京都，早年曾因家庭而颠沛流离，成名后以食客身份在京都钻研美食。这样的背景让他有机会尝遍京都的各种料理。《京都的石伏鱼茶泡饭》一文中的石伏鱼，是连京都人都鲜少尝过的京都美味，而《夏日小点》一文中的“雪虎”“锦木”“白瓜皮”“鲣鱼中落味噌汤”等，则是简单、地道又质朴的京都小品。现今，即便造访京都，可能也少有机会能够品尝这些料理，但透过鲁山人对味觉的精准描写，让人对京都美食的渴望，又多了几分。

他乡文豪遇京都

来自他乡的文豪们，在京都各自看到了不同风貌。文豪夏目漱石，一生共造访四次京都。《抵京之夕》是他辞去教职、成为职业作家后，最初写作的小品文，记载着他于明治四十年（1907），也就是第二次造访京都时的见闻及心境。当时正值三四月严冬，在漱石眼中，“京都本是个孤寂之处……纵使数至百条，活了千年，京都依然孤寂吧？”而这份孤寂当中，还交杂着漱石怀念已逝故友正冈子规的思绪。

木下杢太郎的《京阪见闻录》，仔细地记述了他于明治四十三年（1910）三月二十九日至四月三日，在京都、大阪、神户所见的人事物。明治时代的京都有许多现今已不复存在的景色。例如，市街上可见到人们染布——“把各色布块放进四斗樽里，以木棒用力搅动”“灰色河原石头上，到处都晾着浓淡不一的鲜艳布块”，相反地，也有许多与今日相去不远的景致。例如“京都已经习惯面对众多漫游的人……有不少舞伎与外国人的强烈对照”“（京都）恰如艺伎与舞伎，整座城市完全是针对他乡客的设计”。看来如何应对接纳来自全世界的观光客，百年来始终是京都的课题。而这篇文章更值得一读的，在于对大阪的描写。“（大阪）有一种在东京浅草、京都京极看不到的趣味……鸟瞰这城市，不像东京那样散漫，更像是一个有机体，可以玩味大阪市的形态与生态。”他仔细描写明治时期的大阪街景、大众艺能以及人情世故，对杢太郎来说，不为外来游客存在的大阪，比起满是观光客的京都，更有情趣。

而大正时期的京都，记载在芥川龙之介的《京都日记》当中。芥川多次造访京都，甚至以古时京都为背景，写下了著名的短篇小说《竹林中》（黑泽明改编拍成电影《罗生门》）、《罗生门》等，却鲜少在文章内提及自己的京都经历。这篇文章是他于大正七年（1918）造访京都时写下的见闻。这趟旅程为他领路的，是京都出身的日本画画家小林雨郊（1895—1976）。他们一同走过位于北区鹰峰的光悦寺、四条大桥、祇园花街、建仁寺的竹林，最后留在芥川心中的，是藏身于京都各处的竹林。他眼中的京都竹林，不仅无刚健之气，还透露出脂粉气息。

宫本百合子于大正十五年（1926）刊载的《京都人的生活》，以及坂口安吾于昭和十三年（1938）刊载的《本乡的林荫大道——学生街两样情》，则用了不一样的角度来观察京都。

宫本百合子出生于东京。她在短短的文章当中，观察了京都人的生活并加以分析，从外在与特质、从男女分工与家庭结构，得出了结论——“京都人，无分男女，都是现实主义者”。坂口安吾曾数次短居京都，他眼中的京都，像是一条学生街，全被泛滥的学生占领了，这些学生们霸道又高调。他拿京都来与东京的本乡做比较。本乡是东京首屈一指的文教区，东京大学的校区便位于此。此外，文中提到的牧野信一，可说是提拔坂口安吾成为小说家的恩人。

与前述《京阪见闻录》一文相对的，是织田作之助《大阪的忧郁》。织田作之助出身大阪，擅于描绘大阪的平民生活。此篇文章写作于“二战”刚结束的昭和二十一年（1946）八月，描写了大阪的黑市、私烟、战后的萧条及不堪。“京都本来就是个美丽的都市。想到这是唯一躲过战火的大都市，看在损伤惨重，烧成一片灰色的大阪眼中，如今的京都更美了，简直像一场骗局，更使人觉得大阪肮脏。”“京都原是大阪的小妾，与那饱经灾害，残破、污秽的老公——大阪分手后，反而出落得更标致、更明艳了，甚至还找回生机。”作之助如此形容战后的京都与大阪，与前述的《京阪见闻录》相较，可看见半个世纪以来京阪依存关系的变化，值得玩味。

追忆昔日京都

柳宗悦在文章内写道：“直到大正的尾声，我才听说晨市的事，最好的时期已经过去了”（《京都晨市》）。上村松园也写道：“京都的街头如今徒具古都之名，跟我小时候相比，已换上不同的风貌，宛如另一个国度……我还是感到怀念，往日依旧美好”（《京都夏景》）。显然无论哪个年代，人们都在追忆上个年代的京都，缅怀京都逝去的人事物，而这种现象到了今日亦然。这正是因为京都有太多千百年来的“不变”与“变”，两道力量皆强劲又极端。人们面对有如洪水般涌来的变动，措手不及，只得奋力抓住千百年来未曾变动的永恒，才能确保自己不被洪水吞噬。于是，文豪们见证了京都在各个年代经历过的变与不变，并且将这些变动，一笔一字，刻画在京都这本史书上。随着时光流逝，书页翻过了一页又一页，这些变动渐渐沉淀成为历史，千百年后，终将成为京都的另一笔永恒。

◎作者简介

王文萱，京都大学博士，研究日本大正时代画家竹久梦二，并主持日本传统文化推广组织“MIYABI 日本传统文化”。日本传统文化相关资格：全日本和服顾问协会会员、和服顾问九级、日本装道礼法和服学院礼法讲师、日本生田流筝曲正派邦乐会准师范、日本茶顾问等。已出版译作二十余本，著有《京都烂漫》（2013）。

一番风景

抵京之夕

夏目漱石

纵使数至百条，活了千年，京都依然孤寂吧？在这孤寂京都的春宵寒夜，我被疾速奔驰的火车默不作声地甩落，尽管孤寂，虽然寒冷，我仍要前行。

火车以流星之势，迅速贯穿两百里[①]之春，将前行的吾人甩落于七条的月台上。我生硬的脚步声，微寒地响起，这时，漆黑之物那漆黑的咽喉吐出大量火粉，轰然而去，驶入黑暗国度。

京都本是个孤寂之处。平原有真葛[②]，川有加茂，山有比睿、爱宕及鞍马，一如往昔的平原、河川与群山。在一如往昔的平原、河川与群山之间，则是一条、二条、三条，继续往前是九条，到了十条，全都是以前的样貌。纵使数至百条，活了千年，京都依然孤寂吧？在这孤寂京都的春宵寒夜，我被疾速奔驰的火车默不作声地甩落，尽管孤寂，虽然寒冷，我仍要前行。由南往北，穷尽市镇，穷尽人家，穷尽灯火，我必须北往，直到尽头。

“很远哦。”老板在我后面说。“很远哎。”居士在我前头说。我坐在中间那辆车上兀自颤抖。离开东京时，我未曾料到日本竟有如此冰寒之地。昨日，稍微摩擦身体尚能感到冒出的火花，热血在肿胀的血管中

① 日本旧制一里约 3.927 公里。译者注。译者注。

② 真葛原，今圆山公园一带。译者注。译者注。

奔流，汗水几乎将全身浸得湿透。东京已是个刚烈之处。我离开这刺激强烈的都市，纵身一跃，落入太古京都，宛如三伏日晒的滚烫石子，落入绿意深处那映不出天空的晦暗池底。我担心这股随着咻一声倏忽离去的热气，是否会撼动寂静的京都之夜。

说“很远哦”那人的车子，与说“很远哎”那人的车子，还有颤抖着的我的车子，长长的拉杆衔接成一长串，在狭长的小径，一路向北而行。前行的车轮声在静夜中响起，为狭窄小路的左右阻绝，在空中高声回荡。咔啦咔啦，咔啦咔啦。碰到石子则是咔咔、咔啦。绝非阴沉的声响，却是冰寒之音。风由北方吹来。

从两侧包围小径，压迫感十足的人家，尽为玄色。所有的门都落了锁。屋檐之下，随处可见硕大的小田原灯笼[①]。上面写着红色的“善哉[②]”。也许善哉在杳无人烟的屋檐下等待着什么，染成了红色。春寒

① 源于神奈川小田原，方便旅人折叠携带的灯笼。译者注。译者注。

② 红豆年糕汤。译者注。译者注。

料峭，夜色深沉，也许连加茂川之水都估量着死亡之刻，前来掠食桓武天皇[①]的亡魂。

善哉的灯笼，是不是在桓武天皇治世期间，在屋檐下染成红色，成了难解的历史之谜。不过红色善哉与京都怎么也无法切割。不仅无法切割，千年历史的京都也少不了千年历史的善哉。我无从得知桓武天皇品尝善哉的远昔，只知早在有史以前，我与善哉及京都已结下不解之缘。我在十五六年前，首度造访京都。当时正冈子规[②]与我同行。我们来到麸屋町的柊屋后，我与子规一起出门参观京都夜景，第一次映入我眼帘的即为这红色的善哉大灯笼。见了这大灯笼，我总觉得这就是京都，直到明治四十年的今日，这印象依然不曾动摇。善哉即京都，京都即善哉，这是我当时的第一印象，也是最后的印象。子规已逝。如今，我仍未尝过善哉。坦白说，我仍然说不

① 737—806年，将首都迁至平安京（即京都）的天皇。译者注。

② 1867—1902，诗人、记者，明治时代的代表性文学家之一。译者注。

出什么是善哉。是汁粉[1]呢，还是煮红豆呢？我的面前没有可供想象的材料，见了那粗鄙的红色粗体字，京都总是宛如闪电般，在我心里一闪而逝。同时，我又会想起……啊，子规过世了。有如干枯的丝瓜般死去[2]……如今，灯笼仍在阴暗的屋檐下摇晃。我缩着寒冷的脖子，由南往北穿越京都。

咔啦咔啦的车声惊扰桓武天皇的亡魂，不断往前奔驰。前面的居士在车上沉默不语，后面的老板也不打算说话。车夫只是咔啦咔啦地，沿着细长小径往北方跑。还真远。远到我必须承受风吹之苦。奔驰到我不停发抖。我被火车甩落时，膝毯和洋伞被居士捡走了。就算洋伞被捡走，没下雨也用不着。在这寒冷的天里，膝毯却被捡走了，枉费我离开东京时，狠下心花的那二十二元五十钱。

与子规来访时，远不及现在寒冷。子规穿着斜纹

---

① 红豆沙，没有颗粒的红豆汤煮糯米年糕，善哉则是有颗粒的红豆汤煮糯米年糕。译者注。译者注。

② 子规临终时曾写下一首俳句“丝瓜花开时，痰塞苦成佛”，后人称他的祭日为丝瓜祭。译者注。译者注。

哔叽布，我穿着法兰绒制服，犹记得我们得意扬扬地走在熙来攘往的地方。当时子规不知打哪儿买来夏蜜柑，递给我说：“一颗给你。”我剥掉夏蜜柑的皮，一次撕下一瓣嚼食，撕了又嚼，漫无目的地溜达，不知不觉中，来到一条约一间[①]宽的小路。这条小路左右两旁的屋子紧密相连，门上有个一尺见方的开口。从那个开口中，传来“喂、喂”的声音。刚开始，我还以为是偶然，慢慢往前走，只要是有开口的地方，都像是约好了似的，左右开口都传来“喂、喂”的叫声。我装做若无其事地走过，叫唤声越来越热情，仿佛就要伸出手来把我拉住。我回头望子规，问他那是什么，他回答伎楼。我吃着夏蜜柑，目测一间宽道路的中央线，我们抱着走钢索的心情，一前一后、不偏不倚地走在中央线上。我想，即使从开口伸出手来，应该也抓不到我们穿着制服的屁股。子规笑了。见了我现在膝毯被人捡走，抖个不停的模样，子规大概又要笑了。然而，已逝之人欲笑，颤抖之人渴望博君一

---

① 一间为 1.8 米。译者注。

笑，都不可能了。

咔啦咔啦往左弯进一座长桥桥头，经过一座长桥，越过隐约可见的白色河原，穿越看似茅草屋、参差不齐的房子，还以为车头转了个方向，却在几棵四人环抱或五人环抱的大树前，就在灯笼烛火差点烧到鼻头之际停下来。我们越过寒冷的城市，来到酷寒之处。抬头遥望顶上天空，在树枝的遮蔽下，有块巴掌大小的空间，料峭星子在深处绽放耀眼光芒，我下车的时候，寻思该上哪过夜。

老板说："这里是加茂之森。"

居士说："加茂森林是我们的庭院。"

绕过大树往回走，即见玄关的灯火，这才发现原来还有人家。

在玄关等候的野明先生理着光头，从厨房探头的爷爷一样理着光头。老板是哲学家。居士曾在洪川和尚[1]门下修行。这房子在森林里，后面有竹林。全身颤抖地奔入屋里的，是怕冷的客人。

---

① 今北洪川，1816—1892，幕末、明治时代有名的禅僧。译者注。

与子规来访，把善哉与京都画上等号，已是十五六年前的往事。趁着夏夜月圆，我们在清水寺的堂外徘徊，缅怀着不明朗的夜色，远望微茫之中的点点红灯，宛如做着一场美梦，柔软飘忽，我们幻想要纵情大醉一场，那是明知制服用的是铜扣，仍要强说是金扣的时代。顿悟铜扣就是黄铜后，我们抛弃制服，赤身裸体地跃入世界。子规吐了血，当了记者，我干脆地出奔西方国度。我们的世界都不再单纯。纷扰之后，子规终究成了枯骨。他的枯骨至今仍在腐朽。在子规白骨仍在腐朽的今日，他肯定没料到漱石竟放弃教职，成了记者。听到漱石放弃教职，来到寒冷的京都玩，他大概会说："你还记得爬圆山的事吗？"成了记者，在纠之森[①]深处，与哲学家、禅居士、年轻光头、老光头一起，悄然过着闲静的日子，他肯定会大吃一惊吧？他可能会冷笑着说："你总算像个样子了。"子规是个喜欢冷笑的男人。

年轻和尚说："请您先泡个澡吧。"老板与居士见

---

① 京都左京区下鸭神社之内的森林。译者注。

我不停发抖，也说："您先请吧。"全身泡在加茂清澈的水中，我的牙齿仍然不停打战，几乎合不起来。泡在热水里还在发抖，古往今来应该不多见。泡完澡后，他们说："请您先睡吧。"年轻和尚把厚实的棉被扛进十二张榻榻米大的房里。我问："是郡内[①]吗？"他回答："是太织[②]。"他还说明："这是为您专程买的。"于是我放心地得知这是我专用的，心无挂碍，向他致个意就睡了。

睡起来极为舒爽，上面盖的两件，底下铺的两件，都是棉被，所以纠之森的风吹进我的肩膀一带，吹得我冷飕飕。车上冷、浴缸冷，没想到竟然连棉被都冷。听老板说了京都不生产有袖睡衣的缘由，我心想，京都真是个使人发寒的地方。

睡到半夜，置于枕边壁橱隔板上，镶在方形紫檀外框的18世纪座钟，发出宛如象牙筷敲在银碗上的叮声。睡梦中听了这声响，我即刻睁开眼睛，虽然钟

① 郡内织，山梨县郡内地方生产的丝织品，以甲斐绢为大宗。译者注。

② 以粗丝织成的厚质丝织品。译者注。

声已止，却在我脑海中挥之不去。而且那声响时而尖细，时而遥远，时而微弱，从耳朵传进耳朵深处，从耳朵深处传进脑中，从脑中传进心底，从心底通往心之归处，再也无法追踪心之所往，逃向遥不可及的国度。这沁凉的铃声，贯穿我的肉体，穿透我的心灵，往赴无限的幽境，我的肉身与心魂须如冰盘般洁净，如雪瓮般冷冽。盖着太织的寝具，我竟越发冷了。

晨晓，在榉树梢啼叫的乌鸦，再度敲碎我的梦。这乌鸦不是嘎嘎啼叫，而是“嘎给咕”的鸟啭。这乌鸦不简单，是会说“唉”和“咕”的乌鸦。也许是加茂明神使它啼叫，神意使得忧愁的我更加寒冷。

离开太织棉被后，我颤抖着打开窗户，依稀的细雨笼罩浓密的纠之森，纠之森环绕这房子，这房子寂然的十二张榻榻米，将我封闭，我被一层又一层的冰冷寒意包围。

春寒神社，吾梦白鹤

◎作者简介

夏目漱石

1867—1916

小说家，本名夏目金之助，出生于江户仕宦家庭。1893 年自东京帝国大学英文系毕业，1900 年前往英国留学三年，归国后担任第一高等学校、东京大学教授等教职。自幼学习汉文，大学期间曾向俳人正冈子规学习汉诗与俳句，东西方文学造诣极高。1905 年发表长篇小说《我是猫》一举成名，为专心写作遂辞去教职转任朝日新闻社，后陆续发表《少爷》《草枕》等代表作确立文坛地位。作品风格平易诙谐，却深刻剖析近代日本社会下的不安人性，在日本近代文学史上享有崇高地位，芥川龙之介为其门下弟子。多篇作品收录于日本中小学教材，后世尊称其为“日本国民大作家”，也是 1984 年至 2004 年千元纸钞上的肖像人物。

京都晨市

柳宗悦

这些什么都卖的晨市非常吸引我。直到大正的尾声，我才听说晨市的事，最好的时期已经过去了。若是大正初期，甚至是更早的明治时代，卖的商品不知该有多好。

从大正末年至昭和八年[①]，算起来我在京都住了近九年的时间。如今回想起来，我应该多看看这古都与周边的文化遗迹。除了历史悠久的庙宇，我应该要接触附近的聚落，亲近他们的生活。我还错过在这古都里，仍然传承至今的各种手工艺工房。我应该到处走访，见识这些技术的工程、完成的作品。工艺品的类别肯定比我见识过的还多吧。关于这一点，再也没有比京都更强的地方了。今日依然维持远古的传统。我只见识过一小部分，应该充分增广自己的见闻才是。现在想起来，只觉十分可惜。

不过我可没有虚度光阴。住在京都的期间，我对晨市产生极大的兴趣，学了不少知识。关于这一点，河井宽次郎[②]可说是我的前辈。

晨市会在当月的特定日期与地点举办，最晚在早上六时许开始。市集上至二手衣，下至缺角的木梳，什么都卖。而且晨市不只在一处，诸如弘法晨市、天

① 1926—1933年。译者注。

② 1890—1966，陶艺家。译者注。

神晨市、坛王晨市、淡岛晨市、北滨晨市[①]，会在不同的日子与地点举办。要把这些市集全都逛一遍，大大小小加起来，听了可别惊讶，一个月竟要二十余日才逛得完。其中最大的是每月为期二十一日的弘法晨市，也就是在东寺的市集，在宽广的寺内，摆着满满的商品，与每月二十五天的天神晨市号称双璧，这是在北野天神[②]寺内寺外，摆到无一空处的大型市集。

这些什么都卖的晨市非常吸引我。直到大正的尾声，我才听说晨市的事，最好的时期已经过去了。若是大正初期，甚至是更早的明治时代，卖的商品不知该有多好。随着时代发展，商品的品质下滑，我们经常听商人说："这阵子完全没好货。"他们说的肯定没错。

不过，既然出了门，还是会买点东西。商人会在五点至六点之间，以手推车将商品送到晨市，杂货店那帮人早就在那里等车子，好货先被他们挑走了。六点出门可不是一件简单的事，我们最早也是要七八点

① 以上皆为京都的地名。译者注。

② 北野天满宫。译者注。

才能抵达。来逛晨市的市民绝非少数，天气好的时候，经常都是人多到动弹不得。因此，我们永远都是排名第二、第三的买家。

幸好杂货店的眼光跟我们相距甚远。晚一步到访的我们，还是可以捡到许多不错的好货。那些没人注意，比市价低的商品中，经常出现各种好货。晨市虽然比不上从前，仍然是错过可惜的猎场。只要没下雨，我还是经常光顾大型市集。

大部分的卖家都是老婆婆，这肯定是份不错的兼差。市集通常在中午结束，买家也早早来报到。我们经常造访，后来跟老婆婆混熟了，她们还会帮我们留货。

聊个题外话，其实我也是听老婆婆们说，我才知道还有“下手”①与“下手物”②这类的俗语。也就是说，我们购买的商品，都是老婆婆们口中的“下手物”。第一次听到这个名词时，我们觉得很有趣，而且还有相对的“上手物”③，可以明确区分品质。也

---

① 便宜粗俗。译者注。

② 便宜又粗俗的工艺品。译者注。

③ 精致、高级的工艺品。译者注。

许是特别投缘，我们也觉得这些名词用起来很方便。“下手”表示普遍又低廉的品质，民器[①]与杂器[②]都属于此类。我们可能是第一个用文字记录这些俗语，描述其性质的人吧。我在大正十五年[③]九月发行的《越后时代》首度以“下手物之美”为题撰稿。

也许是这些俗语的语气比较强烈，大家觉得新奇，很快就流传开来，越来越多人知道这个词，现在甚至每个人都在使用，字典只好收录这个名词。最早把它编进字典的，大概是新村出[④]博士编纂的《辞苑》吧。

随着这个名词的普及，它也没有幸免，被人们误用，或是故意给它不同的意义，也有人出于兴趣，把这个俗语转用到各种情况，已经偏离我们本来给它的意义了。因此，我们遭到各种误会与曲解，甚至饱受困扰。于是我们反过来觉得应该避免使用这个俗语，

---

① 民生器具。译者注。

② 杂用器具。译者注。

③ 1926 年。译者注。

④ 1876—1967，日本语言学家。译者注。

创造另一个取代它的新名词，最后选定“民艺”[①]二字。不过“下手”一词非常有趣，也有自由、朴实之处，若能正当使用，也是一个不错的俗语。

好像有点离题了，我们在晨市找到最惊艳的商品，就是俗称的“丹波布”，老婆婆她们都简称“丹波”。我们后来才知道这是丹波国佐治地方[②]生产的木棉布，当地人称为“缟贯”，特色是在纬系随处织入未经染色的玉线[③]。成色沉稳，织法温润，条纹美丽，使我们大感惊奇，这布用的是手纺线，色彩则是草木染。有一段时期，人们只生产这种布。因为它丰富的变化，简直像茶客特别订制的产品。第一次见到这布的时候，我就深受吸引，每回见了总是大肆收购。丹波布之所以落入京都的晨市，乃是由于京阪地区的人喜欢用它来制作棉被套。有时会裁制丹前[④]，不过还是棉被和垫被居多。现在已经过时了，成了老旧

---

① 日常使用的工艺品。译者注。

② 今兵库县冰上郡。译者注。

③ 用一茧双蛹的玉茧制成的线。译者注。

④ 铺棉的防寒外套。译者注。

的二手衣，才被丢进市集。据说，此布盛产于幕末至明治初期。丝线与染法都无可比拟，如果能早点认识这布料，也许可以制作茶客们喜欢的提袋或茶袋吧。特别是蚊帐，乃是用剩下的线头织成的，条纹的色泽极美。我曾经用它裱褙过几幅大津绘[①]，简直是天作之合。这布料立刻成了我们这群人的宠儿，贩卖的老婆婆们还特地为我们找来许多货。现在民艺馆收藏的、长期陈列的，都是那阵子在晨市找来的宝物。将来若有人编纂日本的棉布史，千万不可忘记这布料的存在与价值。也许有一天，它会成为人们口中赞不绝口的新名物裂[②]。

关于它的起源，这布料曾一度停产超过半个世纪，近来以丹波国冰上郡佐治附近的大灯寺为中心，为求复兴，再度召集纺线者、染色者、织布者，寻求他们的协助。

我在晨市捕获的可不只有丹波布，还买到不少品

① 江户初期滋贺县大津市流行的民俗画。译者注。

② 名物裂为镰仓时期到江户初期，由中国传来的高级丝织品。译者注。

质精良的和服。有几件和服甚至比新品更耐穿，做工非常好。有几件甚至放了三十几个年头，直到今日，我还能穿。全都是拜高品质之赐。说是织布者的用心，也许更妥当吧。

然而，我购买的不只是这种和服。我收购许多名为裂织[①]或屑丝织[②]的和服卖的时候都没有清洗，带回家后，内人非常嫌弃，直说好脏，还说也不晓得是不是什么病人穿过的。她说的也有道理，有些衣服的味道特别臭，我也不知道该怎么办。吉田璋也[③]医生很担心，整批拿去消毒，于是这场家庭纠纷就此落幕。如今，这些布制品全都存放于民艺馆。

晨市无所不卖，除了布制品，也有陶瓷器、漆器、金属制品，还有木材或竹制工艺品，经常遇到吸引我的物品。不消我多说，全都很便宜。拜这些晨市之赐，我更加了解丹波的陶瓷器。不晓得谁说过，和

---

① 将老旧布料剪成碎块，以麻线织成的再生布料，又名“旧布织”。译者注。

② 用零碎的丝线纺成的布料，又名“矢鳕缟”。译者注。

③ 1898—1972，民艺运动家。译者注。

以前相比，这阵子的好货少多了，不过，我们仍然期待晨市的行程。说不定有预料之外的宝贝，静待我们光临。

一般来说，在晨市买不到什么来头不小的东西。所以买东西不需要靠名气。在这样的地方，人们才能随心所欲地挑选。这也是晨市的迷人之处。在这种地方，知识完全派不上用场，反而要靠直觉。当你发挥敏锐的直觉时，好货也会高兴地凑过来。

民艺馆有一只全绿釉、指绘图案的大揉面盆，这也是我在晨市的收获。那一天，我比较晚出门，九时许才出发。那天是弘法晨市的日子，在寺院宽广的空间里，摆着满满的商品。时间也晚了，人潮正要散去，我突然发现大揉面盆摆在草席上，闪闪发亮。我非常惊讶，立刻问了价钱，竟然只要两日元。那是昭和四年[①]的事。我不由分说买下它，请对方用粗绳帮我捆起来。

最奇妙的是当天一早就涌入数千人，尤其是杂货

---

① 1929年。译者注。

店那帮人，总是虎视眈眈地猎捕商品。他们怎么可能没看到这只大盆子，我怎么也想不通，人们竟然对这罕见的美丽商品不屑一顾。再加上开价只要两日元，我甚至觉得这盆子好可怜。商品随手置于摊在地面的草席上，我觉得好可惜，立刻冲上前买下它。

这是一只直径两尺①的大揉面盆，形状不方便拿取，又有分量，我费了好大一番功夫才把它带回家。还要从东寺到我住的吉田山，可说是从京都的一头到另一头，它的体积大到几乎没办法带进电车，不过当时的计程车很少，要是坐到我家，车资都比这只盆子贵了。如今，我仍然记得我回到家的时候，已经筋疲力尽。当我把它放在地板上欣赏时，它的美好足以让我忘记一切辛苦。这种揉面盆非常罕见，仅存的也很少，即使已经过了二十几个年头，我仍旧只看过四五只。其中一只是我在鹿儿岛寻获的，是目前民艺馆现存的两只之一。仓敷民艺馆也有一只极品。

经过多方查访，这只揉面盆产自肥前国②庭木，

① 约60厘米。译者注。

② 今佐贺县。译者注。

我经常造访古窑遗迹，才知道它的出处。制作时间大约是德川中期。

顺便提一下，我看过同样的大揉面盆，在白化妆土上，以雄浑的笔致画着一棵巨松。在同一座明显为同一系统的窑里，能找到许多画着松树的水瓮与酒瓶。我在信州小诸的杂货店，第一次看到画着松树的大揉面盆。不久，我正好在找水瓮，只是刚开始我还不知道是哪座窑生产的。昭和初期的陶瓷史专家的知识十分有限，四处寻访后，没有任何人知道答案。顶多告诉我大概是越中濑户[①]。

我第一次在《大调和》杂志上介绍这只大揉面盆，是在昭和三年[②]正月号，当时还没找到窑，只知道大概是九州生产的。因为是民窑，没有人知道它的来历。

大概是昭和三年中吧，我终于得知筑后二川[③]曾经生产过这一类的盆与瓮。我在《工艺之道》的扉页

① 富山县濑户地区。译者注。

② 1928 年。译者注。

③ 福冈县。译者注。

说明报告了这件事。也许是这样，后来大家全都称这类型的陶瓷器为“二川”。不过，后来九州的古窑遗迹慢慢被人发掘出来，查明早在二川之前，弓野[①]也曾烧制此类器皿，追溯历史发现早在更久以前，二川以外的地方也曾生产。只是二川是最后生产这类器皿的窑场。当时这种揉面盆是各个家庭的必需品，肥前一带到处都有人烧制。广义来说，前述的庭木及小田志[②]算是同一流派的窑场。

大致来说，揉面盆以松树绘居多，搜集的品项增加后，我发现也曾经试过梅、竹、兰或岩山等各种图案。目前已经得到不少经验与知识，几乎可以掌握其全貌，走到这一步可是花了长时间的累积。再加上日本的民窑数量极多，分布区域又广，其兴衰无常，今后还有什么发现，实难预测。就某方面来说，越了解窑场，越不敢一口咬定，这也是不争的事实。日本民窑宛如迷宫，历史学家也束手无策。

换个话题，在东京鲜少看见这样的晨市。至少不

---

①② 佐贺县。译者注。

如京都有名。虽然世田谷的旧货市集相当有名，也不是每月召开，商品变化又少。银座的夜市吸引人，不过现在也收摊了。唯一能与京都晨市比拟的，唯有巴黎的跳蚤市场、伦敦的卡利多尼亚市集[①]，全都让人乐此不疲。这类市集大多与一本正经的古董商店不同，可以轻松造访，也能自由挑选，价钱又低，发掘的趣味性甚高。这也是它的一大魅力，你根本无法预测自己会找到什么。因此，每个人都要靠自己的眼光，不受任何人干涉。这里宛如未经开发的狩猎场，是个没有行情的世界。像我这样的人，最适合这样的世界了。默默无名的东西、极美好的东西，也许会以不加矫饰的姿态，出现在我的面前。

① Caledonian Market，今伯蒙德西古玩市场（Bermondsey Antique Market）。译者注。

◎作者简介

柳宗悦

1889—1961

日本著名民艺理论家、美学家。就读日本东京帝国大学文科部哲学科时，开始察觉生活中民艺品的实用美学，提倡“用之美”，并开始收集、研究日本及朝鲜的民艺。1936 年设立日本民艺馆，向大众宣导民艺之美不遗余力，活跃时期被称为“民艺运动”，1943 年任日本民艺协会首任会长，1957 年日本政府授予其“文化功劳者”荣誉称号。后人称其为“民艺之父”。不论在保留日本传统工艺美学或是培养大众对于民艺用品的美感皆有所贡献，更对其后的创作者影响深远，包括柳宗悦的儿子、日本工业设计巨匠柳宗理。出版有《柳宗悦全集》《日本手工艺》等书。

京都学校札记

福泽谕吉

校园内极为整洁，无人会在墙上留下痕迹，亦无人污损座位，严格规定不可说谎，走路须有活力，不可与人碰撞。

明治五年[①]壬申五月朔日[②]，我与社友早矢仕同往京都，此行原无暇造访名胜古迹，参访博览会亦非我等上京之目的，先一览府下[③]学校，在友人带领下，前往各地学校，承蒙热烈招待，把校舍、讲堂全数看遍。故此，大略记述所见情况如下，供天下同志参考。

京都的学校创立于明治二年[④]，如今，中学共四所，小学共六十四所。

学校以市中六十四区来划分，亦即西方所谓的学区。每区设一所小学，区内不分贫富贵贱，不分男女，七八岁至十三四岁者，皆可至学校受教。

学校内分为两区，男女分班上课。一即学生的个人座位，另一区设讲堂，此为读书、算数之处，排妥授课与休息的顺序后，每回十人至十五人，前往讲堂受教。

---

① 1872 年。译者注。

② 初一。译者注。

③ 京都府的辖区中，除了京都市以外的地区。译者注。

④ 1869 年。译者注。

每所小学聘请笔道师[①]、句读师[②]、算术师[③]各一人，助教人数不一，视学生人数多寡而定，少则一人，至多三人。

学校始于早上八时，至下午四时结束。学科包括拼音写作，九九乘法、加减乘除、比例等算术，句读则教授各县名称、我国历史、地理译本、道理、经济等初级课程，译本若有不足之处，则以汉书补其不足，平均分配习字、算术、句读、背诵时数，每月小考，春秋两次大考之际，除教师之外，平日参与授课的相关人士，皆应至学校，府知、参事[④]与顾问全体出席，亲自测试学生程度，按照成绩，颁给笔、纸、墨、书籍等奖品。故此时出席之官员及顾问，兼具主考官及监考人身份。

小学学科分为五等，考试及格者可升等，结束五等课程后，可进入中学，然学校创立时间尚浅，进

---

① 书法老师。译者注。

② 汉文老师。译者注。

③ 数学老师。译者注。

④ 府知事为京都府行政首事，参事则为事务人员。译者注。

入中学者不多。优秀人才的子女，不需念完五等即可就读中学，享官费给付。目前，符合条件者为男子八人，女子二人。其中一人是府下理发师之子。

各校除笔道、句读、算术师之外，亦聘巡回讲师，人数约十名。每月依序至六十四校讲课六次，此时区内每户均须派一人出席听讲。教学内容以翻译书籍为主，不足之处则以汉书补充，不只讲述字义，而是撷取章节内容，以讲述文明为主。

关于小学经费，创建之初，半数来自官府，半数来自市内富豪人家，兴建校舍、购置书籍，余款借贷他人，赚取利息，作为学校的长期资金。此外，命区内每户人家，半年缴纳一步[1]，并借贷利息，作为永续经营之资。然每半年缴纳一步，无论该户人家有无小孩，均须缴纳。金钱出纳由各区顾问掌管，再由总顾问统筹，与政府官员完全无关。

承前项，各户每半年缴纳一步金，此为官方命令，然此款项支用权完全操在顾问之手。此法恰巧与

① 一分金，相当于四分之一两黄金。译者注。

帕克尔[1]于经济书中提倡的说法不谋而合。

关于小学之学生人数，每校少则七十至百人，多则二三百人。校园内极为整洁，无人会在墙上留下痕迹，亦无人污损座位，严格规定不可说谎，走路须有活力，不可与人碰撞。学校旁设该区事务所，可供公务人员外出办公，亦可在处理公务之余，顺便照顾学生，十分方便。

四所中学聘雇外国人，教授英、法、德语。授课内容与东京、大阪大同小异。每校学生人数，男女百人至二百人，费用完全由官方支费。有中学设置英语教学女工厂。雇用英国籍教师夫妇，先生教授男子英语，夫人照顾女孩，除了英语之外，并教授缝纫技艺。虽然仅有一名外籍妇女，另有七八名识字且擅长女工的府下妇女，协助其授课。

到此学习英语兼女工的年轻女子有一百三十多人，从七八岁至十三四岁，有贵族之女，也有商工平民之女。依贫富程度，各自略施粉脂，稍做打扮，衣

---

① 现多译为帕克（Francis Wayland Parker），1873—1902，美国教育学者，人称进步教育之父。译者注。

着清洁却不华丽，随意却不破旧，言语娇艳，容貌温和，沉默又不怯懦，微笑赏心悦目。如花似玉，可爱可贵，具备女孩的真正风范，与东京女子短发素颜，穿着裆高袴[①]的吓人模样，不可一概而论。

所有中学之中，以该校最为新潮，即使目前学生的学艺尚未精进，以温和柔顺之禀性，朝夕亲近英国教师，受其教化，学习学艺，见闻其言行，跳脱愚蠢陋习，浸润于独立自主之风气下，可预期数年之后，将带给全国无可限量之幸福。

小学教师由官方指派，薪水则由该区顾问支付，其实不具官方色彩，等于市井小民。薪水依该区大小、学生多寡而异。多则每月十二三两黄金，少则三四两。在中小学任职的官员，除了处理庶务，多半志愿兼任教职，总数不到二十人。月薪依职级而异，不尽相同，多则七十两，少则十五至二十两，平均一人不超过二十五两，二十人约为每月五百两。即使官方支付的费用较少，仍尽尽职责。

根据明治五年壬申四月的学校出版表，中小学

---

① 日本男子的正式服装，裤裆较高的裤裙。译者注。

学生人数共 15892 人，男女比例约为十比八，年龄皆七八岁至十三四岁。预期十年后，男童已是一家之主，出外工作，女童则嫁人生子，专事生产，繁荣社会，相夫教子，人间至福，无可比拟。今年已有 1.5 万人，明年则增为 3 万，其他县市应遵照此法，建设学校。

如此一来，尔后日本国内，明辨是非轻重，修养德性，一家和睦者，为此子女也。改善世俗风气，推行政府法令，为此子女也。勤工劝商，庶民富足，为此子女也。开启民智，取得公开议论民事之权，为此子女也。自食其力，求一人、一家之独立，进而谋得一国之独立，为此子女也。广结外国同盟，信守约定，使贸易不致失利，为此子女也。一言以蔽之，实现文明开化之名，使我日本国更重于九鼎大吕[①]者，唯有依靠此子女，别无他法。

于民间广设学校，教育人民，乃吾等经年累月之夙愿，如今，在京都首次见其成效，此等喜悦恰如返

① 喻分量极重。译者注。

乡遇故知。若世人见此学校，却不觉感动，应是心中不存报国之念者。

明治五年[①]壬申五月六日
于京都三条御幸町之旅馆松屋
福泽谕吉　记

◎作者简介

福泽谕吉

1835—1901

思想家、教育家。出生于大阪士族家庭，1854 年前往长崎修习西方学术、文化等洋学，后奉藩命于江户中津藩屋开设洋学塾，成为日后庆应义塾大学前身。曾随江户幕府遣外使节前往欧美考察，归国后将所见所闻写成十卷《西洋事情》成为畅销书籍，1872 年刊行的《劝学》更热销 340 万部，确立其启蒙思想家地位。毕生从事著述、出版与教育活动，不仅是庆应义塾大学创办者，同时也是《时事新报》发行人，被誉为“日本近代教育之父”。自 1984 年起成为日币最大面额 10000 日元纸钞上的肖像人物。

① 1872 年。译者注。

昔日京都

上村松园

那时候要买口红，得请店家把口红刷在饭碗上，城里的女孩都带着饭碗过来，请他们刷上去。帮忙刷口红的都是非常漂亮的女人。

我生于京都四条通[①]，如今那栋房子成了西式餐馆万养轩。现在，那一带是京都中心，十分热闹，不过，跟我有记忆的时候相比，几乎已经面目全非。

在东洞院通与高仓通之间，也就是交易所那一带是萨摩屋敷，历经明治维新的铁炮烧[②]，大街上盖满房子，小巷仍维持原貌，我八九岁之时，那一带还是长满芒草的荒地。

现在，万养轩对面是一家古董店八方堂，当时是卖化妆品的小町红。小町红迄今未倒，不过当时的小町红非常流行。

那时候要买口红，得请店家把口红刷在饭碗上，城里的女孩都带着饭碗过来，请他们刷上去。帮忙刷口红的都是非常漂亮的女人。

---

① 京都街道为棋盘式设计，东西向贯穿京都的大道以数字命名，共有一条通至九条通等九条东西向的大道，目前四条通是京都闹市区。译者注。

② 1864 年 8 月 20 日，主张尊王攘夷的长州藩举兵攻入京都，欲驱逐幕府势力，在京都大战后落败，这场大战共烧毁两万余户，由于街头不断传来枪炮（铁炮）声响，故称为“铁炮烧”。译者注。

大男人粗鲁地刷口红，看来一点也不像在卖口红的样子。小町红一直都有年轻貌美的女性，像是媳妇或女儿，她们绑着割葱髻，再用绯红色的碎布包住发髻，坐在柜台，客人上门之后，她们手脚利落地把口红刷在饭碗上。客人大多是年轻女子，一想到小町红，总有股说不上来的怀念思绪，萦绕在心头。

现在的口红大概是西方传来的棒状，以前的口红是刷在饭碗里的玉虫色[①]，使用之际再以小巧的口红刷蘸取。涂法也不像现在把上唇和下唇都涂成大红色，明明是个女人，却扬扬得意地涂得活像吸了血似的，这是西方的不良影响。

口红还是要把上唇涂成浅红色，下唇涂上深玉虫色，看起来才温柔婉约。如今偶尔才能在舞伎脸上看到这种涂法了。这阵子，在京都女子身上，再也见不着嘴边那份柔美了。

那一带曾经叫作奈良物町。

在四条与柳马场的交叉口，刚好有一家叫作金定

---

① 虫子翅膀七彩的颜色，实际涂抹在嘴唇上呈浅红色。译者注。

的绢丝屋，那家店的媳妇叫阿来。虽然她剃掉眉毛，随时都能看到青色的刮痕，不过肤色白皙，秀发如云，后颈发际很长，是个无可挑剔的美人。

甜品店的阿岸也是个漂亮的人。

面屋的阿矢也是个出了名的美女。面屋是一间人偶店，她的本名叫阿筑，不过邻居总叫她阿矢、阿矢。她是个擅长跳舞的女孩，扇子使得特别好，八枚扇[1]舞甚至连专业舞者都望尘莫及，大家总是赞不绝口。

当时，大家都在学民谣，阿矢的母亲个性温柔、充满女人味，她的三味线弹得非常好，母女俩经常用古琴和三味线合奏，或是母亲弹三味线，女儿跳舞。

到了夏天，可以把店里看仔细的时候，只要最深处的房间开始演奏，行经转角就能听得一清二楚。以前不像现在，有那么多电车和汽车，顶多只有人力车，整个城市都很安静，当奏乐响起，“啊，阿矢又开始了。”转角就会站上好几个人，停下脚步聆听。

这一带是立卖町，阿矢是立卖町的招牌美女。

---

① 由八片扇骨制成的折扇。译者注。

当时的城里非常安静。城里经常看到表演木偶戏的艺人，转角来了讲净琉璃[①]的人，也会聚集不少人潮。还有模仿表演，有人模仿当时热门的伊丹屋[②]与右团次[③]的唱法与舞蹈，模仿得惟妙惟肖。虽然他长得有点像表演者，听我母亲说，原本他和市川市十郎[④]都是新京极通乞讨表演的同伴，后来，不知怎的，竟沦落为街头艺人。

我也曾在少女时期学过民谣。最近民谣已经不时兴了，当时在城里，说到学才艺，民谣一定是首选。

从四条通搬到堺町通后，我已经开始学习绘画，那个时候，每到傍晚时分，都有个六十几岁的老爷爷来传唱民谣。他唱得非常好，以沙哑、成熟的嗓音，唱出高低抑扬、缓急顿挫，他唱的可不是随便谁都能唱的曲子，应该是大师授意的民谣。

---

① 说唱搭配三味线伴奏的表演，这里只有说唱部分，没有伴奏。译者注。

② 歌舞伎的屋号。译者注。

③ 市川右团次，歌舞伎的名号。译者注。

④ 歌舞伎的名号。译者注。

“啊，他来了。”这时我会停下手边的绘画作业，跑到格子大门后方，陶醉地听他歌唱。

当时，祇园的夜樱开得比现在还美，我还记得樱花盛开时，总有一对母女在祇园铺一张凉席，女儿拉胡弓[①]，自己弹三味线伴奏，后面坐着一位老婆婆。她们的气质不差，一定是大有来头的人，没落到现在的地步了吧。

现在的圆山，再也尝不到这扣人心弦的滋味了。当时可没有那些吵吵闹闹的大音量收音机和留声机，亲子档街头艺人的表演总是十分动人。

夏季的河岸也别具风情。潺潺的浅水在比现在宽广的河道上流动。从四条通的拟宝珠桥上往下一望，浅水上点了一整片雪洞[②]，仔细一瞧，每张长凳旁都放了一只雪洞，几组客人坐在那里，好不热闹。桥的西边有一家大餐馆——藤屋，艺伎和服务生沿着小桥，把料理送到长凳边，来来去去的模样好似皮影戏，也是独一无二的景观。

---

① 一种日本乐器。译者注。

② 有长柄底座的灯笼。译者注。

长凳附近，到底都有人在钓鱼、骑马，有皮影戏，也有魔术师，还有卖甜酒与善哉的店家，把整个河岸都填满了。

桥下、西石垣通的河岸也有卖善哉和甜点的店家，都摆在长凳上。

说到祇园祭[①]，以前给人的感觉更像屏风祭。当时不像现在，到处都是包了铁皮的房子，而是纯京都式的房子，每到祭典时节，大家会拆掉门口的隔板，在连内部都看得一清二楚的屋子里，挂起竹帘，点亮雪洞，现在的电灯完全比不上那种优雅又美丽的光线。

再来谈谈城里和店面看到的女性，当时还留着德川时代的韵味，令人缅怀旧时代。

前阵子，我在帝展[②]参展的作品《母子》，描绘的即为我的昔日回忆，也是我心深处怀念不已的记忆，我认为自己有资格描绘那样的世界。我还有许多想画的事物，将来若是有机会，我想将那些回忆画下

① 京都三大祭之一，由7月1日至7月31日，期间举办各种活动。译者注。

② 帝国美术院展览会，现在为日本美术展览会。译者注。

来。希望能随着时间流逝，为新时代带来一些影响。

最近，从发型、腰带与和服，很难立刻分辨已婚女子与未婚女子的身份，这是最近的文化，不过从前已婚女子与未婚女子有严格的规定。妇女一定要绑岛田髻，黑色繻子[①]腰带，饰绳打立结；同样是已婚女子，新嫁娘、媳妇、已生育的女子，不管是发型、和服鹿子花纹[②]的色彩还是发簪，都有很多规定。

整体来说，京都风强调后颈发际的柔美，发际较长，露出白皙的颈子与漆黑的秀发，更能衬托美女的气质，发际较短的人反而会给人一种华丽的感觉。

孩子五六岁大的时候，头发好不容易留长了，会先梳成"莨盆髻"[③]。加上少许鹿子花纹装饰，十分可爱。

等到头发长齐，再梳成"鬘下地"[④]或"福髻"[⑤]。

---

① 缎面丝织品。译者注。

② 一种绞染花纹。译者注。

③ 将头发分成左右两边，再集中扎成一个平髻。译者注。

④ 较低的银杏返髻。译者注。

⑤ 少女常见的低调发型。译者注。

由于发量还不多，梳起来的发髻比较小，称之为“雀鬓”。

地藏盆[①]的时候，小女孩会垂着两条或三条辫子，抹着玉虫色的口红，看来也很可爱。

“桃割髻”“割葱髻”“阿染髻”“鸳鸯髻”“鼓雀髻”“横兵库髻”“前割髻”都是年轻女性的发型，中年的已婚妇女多半梳“裂笄髻”或“井菱髻”。

明治时代，京都艺伎梳的“投岛田”十分性感，非常好看。

尽管时代变迁，岛田髻和圆髻依然不退流行，一直持续至今，年轻女孩的文金高岛田髻，搭配母亲的圆髻，展现优雅又美好的传统风情。

① 每月24日。译者注。

◎作者简介

上村松园

1875—1949

女流日本画画家。本名上村津祢，出生于京都，老家于四条通经营一间茶叶铺。自幼展现绘画天分，闻名于街坊巷尾、骚人墨客之间。1887年进入京都府绘画学校就读，先后师事四条派画师铃木松年、竹内栖凤，十五岁以《四季美人图》获颁内国劝业博览会奖状，之后于日本美术协会、日本青年绘画共进会、京都新古美术展览会等展览会上，展出独具个人特色的美人画而连年获奖，并逐步建构起自己女流画家的名声。画风深受京都传统文化影响，善于描绘高雅如珠玉般澄澈的美人图，经常以对母亲的思慕，和谣曲为题材进行创作，为近代美人画的完成者之一。1948年获颁日本文化勋章，为史上第一位获文化勋章的女性。

京都夏景

上村松园

河面的风吹来凉爽，水里的长凳、雪洞，随波光摇曳的灯影，纳凉客、服务生，明明是热闹的景象，却是清凉又闲适的夏季景色。这真的是好久以前的回忆。

京都的街头如今徒具古都之名，跟我小时候相比，已换上不同的风貌，宛如另一个国度。一切都是不得已，电车通车了，汽车满街跑，到处都是白色的建筑物，跟以前比起来，只能说这些改变也是理所当然。加茂川上的桥，几乎都已改成近代的风格，只剩下三条大桥还保留以前的样貌。比较那座装饰着拟宝珠的桥与水泥砌成的坚固四条大桥，任谁都能看出时光流逝的足迹。虽然我很怀念三条大桥那样的往日风景，不过以前有以前的美好，现在也有现在的优点。我五六岁的时候，到处都是梳着后蜻蜓髻[1]的女孩子，现在已经看不到了吧。最近的小女孩都剪着娃娃头，穿着及膝洋装，十分可爱，活泼又大方。看到这些女孩，再想到以前梳成硬邦邦长筒状的后蜻蜓髻时代，我甚至有点讶异，自己好像不记得那是什么样的年代了。

不过，我还是感到怀念，往日依旧美好，如今，我还能清晰忆起几十年前，如诗如画的京都街景，乐此不疲。

---

① 将发髻梳成长条形，状似蜻蜓尾巴的发型。译者注。

十七八岁时，我经常去四条大桥乘凉，桥下河里的浅滩，摆着一整排长凳，点着雪洞，火影映在平静的河面，美不胜收。许多乘凉客坐在长凳上，扇着扇子，啜饮茶汤，品尝甜点，或是互相斟酒。桥边有一家大餐厅藤屋，搭了一座通往河岸的木板便桥，女服务生来回穿梭，送上客人点的料理。站在桥上欣赏此景的，可不只我一人。河面的风吹来凉爽，水里的长凳、雪洞，随波光摇曳的灯影，纳凉客、服务生，明明是热闹的景象，却是清凉又闲适的夏季景色。这真的是好久以前的回忆。如今，到四条大桥一看，就算是做梦也想不到人们曾经以这种方式，享受短暂的夏夜。然而，傍晚在四条河岸乘凉，可以说是京都最具代表性的夏景，所以我留下多幅画作。

此外，虽然大同小异，夕阳下，美女坐在浅滩长凳上，把脚泡在水中乘凉，也是十分美丽的景致。即使不是五官精致、身材纤瘦的年轻女子，此时此刻，在旁人眼里，也是清新可人。

夏季的另一个乐趣是午后的骤雨，倾盆大雨迅速洗去街头的热气，盈满了御所[1]的池塘，我家门口的马路成了一条小溪，御所池子里的大鲤鱼在路旁跳动，街上的孩子们哇哇大叫，闹得不可开交，这也是夏季一个令人莞尔的回忆。

最难忘的就属旧历中元节，整个城市都充满活力，简直跟庙会一样热闹。小时候，每逢中元节的傍晚，冲水净身之后，女孩们都会提着大人买来的红灯笼，画上自己的家纹，来自各处的孩子全都聚在一起，比较灯笼上的图案。当孩子们全都到齐之后，年长的女孩就会请大家排成一列，唱起可爱的歌曲：

佐野屋的系樱
中元各处都很忙
东边茶屋的门口
来哟来哟，进来坐坐哟

---

① 迁都前的皇居所在地。译者注。

她们排成两列，年幼的孩子走在前头，成群结队地走在城里。小女孩们玩得非常开心。

她们梳着前面提过的后蜻蜓髻、莨盆髻，还有吹髻——吹髻是阿波十郎兵卫里面，阿弓梳的发型[①]，她们顶着这发型，还插着银制芒花发簪，或插上清凉的盛水玻璃球，在城里走来走去。当时才刚进入明治时期，路上没有汽车，也没有巴士那些吓人的玩意，她们才能排成长长的队伍，在城里边唱边走。

男孩子唱着：

嘿咻，走吧，走吧

他们提着比女孩大一号的白色灯笼，上面一样贴着家纹，

嘿咻，嘿咻

---

① 《倾城阿波鸣门》是人形净琉璃的段子。译者注。

从江户到东京，真是了不起

男孩们一边唱着，同样成群结队地绕城。

当时，还流行一种游戏叫作白鬼，这也是一个孩子可以在城里随便跑跳的游戏。游戏的歌是这么唱的：

村子的守卫啊

来吧，把这杯干了

以前的马路全都是孩子们的运动场，现在的孩子已经不能在外面任意玩耍了。不管是大马路还是小巷子，全都是自行车和汽车，马路越来越热闹，相较之下，以前的孩子比较幸福吧。

有一阵子，我很喜欢夏天。天气晴朗又热闹，如今，身体越来越不耐暑气了。

我最喜欢的是十月，正好是金木樨开花的时候，思路最清晰，身子最清爽，非常舒服。

（口述）

时节趣味

京都四季

和辻哲郎

我曾经住在东山的山脚下，充分体验了京都的树木之美。新绿时节的京都，感觉十分匆忙。排水渠畔的柳树刚萌芽，各种树木也纷纷萌发新芽。萌芽的时间前后交错，色调也慢慢形成变化。

在京都生活近十年后，我再度搬到东京，那是六月底，树叶扶疏之时，我觉得东京的绿着实污秽不堪，几乎快要不能忍受。本乡[①]大学[②]前那条路，即使只有单侧，大学围墙里仍立着一排高大的樟树，可说是相当壮丽的光景，不过连这幅景象的绿色调都很阴沉，感觉不太舒服。沿着大学的池畔漫步，我甚至认真地担心起来，是不是因为年纪的关系，眼睛发生什么生理变化。

以前偶尔从京都过来东京的时候，也不是没发现绿色调的变化。不过那只是三五天的短暂光景，我鲜少注意这件事，自然不觉得痛苦。直到搬家、定居之后，每天一点一滴地累积，这感觉才会越来越强烈。大概就是所谓的 acceleration[③] 现象吧。最后终究演变成再也无法忍受的情绪。连我自己都觉得意外。搬到京都之前，我也曾在东京生活了二十年左右，从来没有这种感觉。

---

① 东京的地名。译者注。

② 此处指的应为东京大学。译者注。

③ 加速度。译者注。

当我察觉之后，不只绿色调令人生厌。入秋之后，树叶纷纷染上颜色。我觉得黄色、褐色与红色似乎不够鲜艳，只是丑陋的颜色，我怎么也没办法昧着良心说漂亮，总觉得那颜色混浊，一点也不清爽，更像是不健康的色彩，一点也感受不到秋季的澄净气息。剩下常绿树的绿色，比落叶树还阴沉，我甚至不觉得那是绿色。更惊人的是，叶片落尽的落叶树，树干枯燥无趣。树皮泛黑，看来污浊。树枝非常生硬。树枝偶尔积了雪，看来一样无趣。东京的树木简直一无是处。什么“森林之都”，我只想说这是一派胡言。

这股不愉快的情绪逐渐高涨，我想该闭嘴的不是别人，应该是我自己，这不是东京的错。我开始烦恼，这下糟了，幸好东京的春天拯救了我。我抱着视而不见的心情度过冬季，不久，护城河畔的柳树发芽，美不胜收。东京的新绿依然美丽。其他树木陆续发芽，展现不同的新绿色调。行道树的榉树新绿，宛如轻烟，十分美好。正当我这么想的时候，acceleration 停了。东京的新绿再美，毕竟不及京都的新绿，不过还是很美。随着新绿的色彩加深，逐渐转为泛黑的阴沉色调，这是由火山灰构成的武藏野[①]的地方色彩，我也只能大叹无奈。树木不好看，大概是因为成长速度太快了。和京都的树木相比，东京的树木有种粗制滥造的感觉。粗制滥造也有粗制滥造的趣味。我只能这样安慰自己。

由于这段经验，如今我才回想起京都树木的美好。

据大槻正男[②]的说法，京都的水土非常适合植物。连门外汉都看得出来。京都的水源丰富，还有风化花岗岩形成的含砂土壤。不过，湿度与土壤和植物之间的关系十分复杂，门外汉毕竟无法参透，只能窥其端倪。

提到京都的湿度，我立刻想起桧叶金发藓。在京都到处寻访庭园的人，一定记得它的模样。桧叶金发藓和纤枝短月苔在京都长得特别好，特别是桧叶金发藓。当桧叶金发藓长成一整片，宛如一张绿色的地毯，真是赏心悦目。最具代表性的就属桂离宫[③]玄

① 位于东京多摩市。译者注。

② 1895—1980，农业经济学家。译者注。

③ 位于京都西京区的皇家别墅。译者注。

关前，或是大德寺①真珠庵的方丈庭。嵯峨临川寺②本堂前方，打从二十七八年前就是一片苔庭。桧叶金发藓一年四季都能维持鲜艳的绿色调，轻柔饱满。表面不像修剪整齐的草皮，呈死板的平面，而是自然长齐，本身就有微妙的高低起伏，有股难以形容的美。这样的庭园只要放任桧叶金发藓生长，即可自然成形。临川寺的庭院只运来长着桧叶金发藓的土壤，把它当成种土，洒满整座院子。结果桧叶金发藓长满每一个角落，表示那里正好具备适合生长的条件。桧叶金发藓在潮湿的地方长不好，干燥的地方也不成，有一定的水土要求。京都正好具备这样的条件。我认为关键在于京都的湿度。

长期以来，我一直以为东京没有桧叶金发藓。因为东京颇负盛名的庭园，都看不到桧叶金发藓的踪影。从京都搬回来的几年后，我住在东京西北方的郊外，这才知道原来东京到处都是桧叶金发藓。我经常在农家防风林日荫处的旱田边瞧见，也曾在散步时，

① 位于京都北区的佛寺。译者注。

② 位于京都右京区的佛寺。译者注。

顺便采一些回来种在院子里，却在不知不觉中消失了。我很清楚要养桧叶金发藓不容易，后来再也不曾尝试。不过，五六年前，有一个雨水极充沛的年份，中庭长出一小片桧叶金发藓的嫩芽。到了秋季，跟京都桧叶金发藓的庭院一样，在约莫一坪[①]大小的范围里，长得饱满可爱。我心想，这下成功了，我暗自期待，小心照料也许可以长满整个院子。冬天结霜之时，桧叶金发藓早已消失得无影无踪。第二年也长出少许，却不如前一年的茂密了。雨水少的年份，甚至完全没长过。去年也长了一小丛，今年比较多，桧叶金发藓在院子各个角落探出短短的头，加起来约半坪左右。在麦冬之间冒出不少新芽。不过，入冬一定会消失，完全无法期望京都那种盛况。于是，我总算具体感受到东京与京都的水土大相径庭。

虽然这是桧叶金发藓的例子，不过，连桧叶金发藓都有这么显著的差异，其他所有植物肯定也差不多。也许这就是树叶色彩不同的起因吧。围绕东山[②]

① 约合 3.3 平方米。译者注。

② 京都盆地东侧群山的总称。译者注。

及岚山[1]的树木种类杂多，这么多种树木都在最适合的湿度之下，才能将树木特有的叶色发挥得淋漓尽致。听说有个欧洲画家见了新绿时节的岚山，对于多样化的绿色大感惊叹。京都给人这么深刻的印象，除了显示京都的树木种类繁多，同时表示和其他地方相比，树木在京都更能展现它的特征。据说锥栗树本是源于武藏野的原始林，不过五月时分的东山，锥栗金黄色的耀眼新芽更为奢靡，我觉得这才称得上锥栗本色。

另一个不容错过的因素是与湿度息息相关的土壤，它扮演重要的角色。我认为它是树木展现不同姿态的起因。武藏野的土壤，与岩石风化形成的土壤简直千差万别。不管挖得多深，土壤一样松软，完全没有小石子，没有任何阻碍植物扎根的物体。也许是因为这个缘故，武藏野的树木生长迅速，树木呈现野性、狂放的姿态。我觉得最具代表性的就属杜鹃。在京都一带，根本找不到两三米高的杜鹃。松树也一样，枝干完全不同，甚至连樱花都像不同的品种。枫

① 位于京都市西的知名观光景点。译者注。

树的成长速度也截然不同。树有多少种，差别就有那么多。在京都东山稍微往下挖，底下就是岩石。在不怎么厚的土壤上，却长出又大又茁壮的树木。这些树木的根，可说是处于完全不同的条件之下。要长到同样的高度，也许要花两三倍的时间。不过，时间可没有白费。迅速生长的树木，给人一种粗制滥造的感觉，不够扎实。同时，老化的速度也很快。相对地，花两三倍时间长到同样高度的树木，不仅树枝结实，耐久度也很强。无数的树木形成景观，构成截然不同的整体景，这也是理所当然的情况。

我曾经住在东山的山脚下，充分体验了京都的树木之美。

新绿时节的京都，感觉十分匆忙。排水渠畔的柳树刚萌芽，各种树木也纷纷萌发新芽。萌芽的时间前后交错，色调也慢慢形成变化。我不知道每一种树木的名称，总之，种类非常多。枫树萌芽的时间，应该在四月中旬，光是若王子[1]池畔的几十棵枫树，就分

---

① 京都地名。译者注。

成三四种时期发芽，可以辨识出四五种不同的新芽色彩。若王子神社的伊藤快彦[①]曾说，这里汇集了十几种不同的枫树。每一天，枫树的新芽都会逐渐变色，长成叶片，直到四月底、五月初，才化为几乎相同色调的浅绿色叶片。那段期间的秀丽，着实难以形容，给人丰盈、饱满之感。若是正逢农历十四、十五的晴朗夜晚，有幸可见新绿枫树在月光下闪耀的光景。光影与色彩的微妙交错，几乎无可比拟。

光是枫树就构成此等景象，在东山的落叶树中，枫树仅占一小部分。新绿时分，落叶树点缀于东山的常绿树之间，酝酿出孟春[②]气息，叶片或大，或中，或小，一致于五月上旬，完成新芽到嫩叶的色彩变迁与发展。接下来，轮到常绿树的新芽映入眼帘，约莫是锥栗与青刚栎的新芽。前面也提到，这阵子正好能看到锥栗金黄色的新芽在东山的半山腰柔软地隆起，四处遍布。不久，新芽逐渐伸展，化为常绿阔绿林厚重、带光泽的新绿叶片，落叶树的嫩叶染成深绿色，

① 1867—1942，生于若王子的画家。译者注。

② 农历一月。译者注。

色彩不再变化。至此，该是梅雨时节了。这时，栗子花与锥栗花呈耀眼的金黄色，绚烂夺目。

差不多在这个时期，松树的绿意将会越来越醒目。才看到新芽前端的花朵，溢出黄色的花粉，新芽已经长成新的针叶，与老叶层层叠叠，散发松树的新绿气息。我不禁想，土佐绘[①]画家画的大概是这幅景象吧。在东京见了新绿之松，不一定是这样的印象，在东山等地，就属松树最多，全都是这种形态。不管是落叶树的绿色，还是常绿阔叶树的绿色，这时都已稳定下来，失去新绿的鲜艳色彩，因此松树的新绿给人鲜嫩欲滴的印象。

待松树的新绿告一段落，大约是即将土用[②]的七月初。再过一两周，新绿也会转为沉稳的色彩。自柳树发芽以来，东山的绿色在这三四个月间渐次移转，

---

① 土佐派绘画，画风细腻，主题大多为日本传统文物。译者注。

② 指“土用丑日”，日本的习俗节日，在立秋之前，大约在7月19日至8月7日之间。日本有在土用丑日食用鳗鱼的习俗。译者注。

直到此时暂时静止。差不多是祇园祭的时候，旧时京都市民在祭典当周与前后，会停止经济活动，大约持续半个月之久。

然而，这段静止状态顶多为期三周，不到一个月。到了土用的尾声，东山半山腰一带的落叶树群将会逐渐变色。虽然只是轻微变色，绿色确实转浅。这时，色彩又开始变化。八月至九月中旬，直到秋季彼岸[①]，速度极为缓慢，颜色越来越鲜亮，彼岸过后，整个绿色调已经泛着些许秋意。

十月之后，黄色越来越明显。速度随新绿时期的树种而异，颜色与新芽呈显著的变化，在绿色褪去，黄色胜出的时期，树木的黄色调也会随着种类有所不同。到了十月中，即可清楚感到色调的差异。栎树的大型叶片是纯粹又美丽的黄色，还有野漆树那种鲜红色的叶片，叶片的色彩又分成各种不同的色阶与种类。色彩变化不仅出现在大树之上，低矮处的树丛也能看到这些变化。

---

① 以春分或秋分为“中日”，前后为期一周的期间为“彼岸”，日本人通常于这段时间扫墓。译者注。

我刚在东山若王子神社后方定居时，是九月上旬，过了一个月，总算安定下来，周遭也开始出现变化。一打开书房窗户，勾人心魂的黄叶旋即映入眼帘。才走出大门，之前不曾注意的各种树木，逐渐转为美丽的红叶。每一天都在改变。到了十月下旬，四周极为绚丽，震慑人心，人在书房也静不下心。当时，我甚至有几分慌乱，心想自己搬到一个不得了的地方了。

最具代表性的红叶就属枫叶，我家门口的池畔，种着数十棵枫树。枫树种类杂多，前面也提及萌芽时期与新芽的色彩都不同，到了红叶时节，差异再度浮现。有些是大红色，有些只是一抹淡红，几乎接近黄色。有些新芽偏红的树，红叶时期的红色一样浓艳，十分醒目，也有完全相反的情况。有些年，色调差异十分强烈，有些树的红叶早已转红、凋落，有些树比较晚，犹留半数绿叶。那些年，红色的色彩不够鲜艳。有时是气候因素，约莫三年一度，晚红的树木会比较少，所有树木同时转红。大约是 11 月 3 日前后，在四五天里都能看到红叶的盛况。尤其是夕阳西斜时，霞红光线照亮树木的红叶，不知该说是豪华还是庄严，十分壮观。然而，那段期间里，我一直无法预测那年红叶的景况，自然也没能力写信邀请东京的客人。老人家总说若是夏季干旱，那年秋季的红叶就会特别美丽，我认为这说法未必准确。除了气候方面的条件，大概还要再加上那年降霜的情况吧。无论如何，不需要到高山或高原，在大都会即可看到这么美丽的红叶。

红叶大约会在十一月底落尽。几十棵枫树，下方的落叶积了一两寸深，清扫这些红叶可是一件苦差事。焚烧枫树的落叶暖酒，是古时候的风流雅事，我思量用这落叶来烧水泡澡，应该是一件美事，于是用大型背篮搬了好几篓落叶来烧。家里用的是长州澡盆[①]，体积庞大，把枫叶塞进去生火之后，冒出浓烟，宛如爆炸一般，从生火口窜出来。火力却不甚强大。我耐心地将堆成一座小山的枫叶塞进生火口，烧了好长一段时间，好不容易才烧出勉强可以浸泡的热水。

---

① 将圆筒状的铸铁浴盆嵌在耐热砖头里固定的澡盆。译者注。

热水自然跟平常柴火烧的没什么两样，不过，我努力烧出来的灰却十分出色。灰质清爽不黏腻，有种洁净的感觉，算是第一等的灰。

红叶结束之后，十二月起到萌芽的三月底之间，是环绕京都群山的休止期。见了色彩从新绿到红叶，源源不绝的变化，这份宁静既和平又惬意。绿叶主要是松树，其他就是锥栗和青刚栎那些常绿树，这些沉稳的绿色非常好看。落叶树宛如骨架的泛白树干与枝丫，衬得常绿特别好看。就色彩搭配来说，这枯淡的色彩与绿色也许是天作之合。

我对这点感到讶异。在东京时，我鲜少在冬季看到树木。偶尔一见，只觉得十分厌恶。直想着快点入春、发芽该有多好。然而，在京都的时候，这稳重的树形却是韵味十足，使我忆起我们祖先的各种娱乐。

其中，最具分量的应属雪景。清晨，拉开窗户一看，轻柔的雪已经积了一两寸深，覆盖整座山。松树林恰似土佐派的画，枝丫覆雪，绿意从雪下探出头来。枫树那些光秃的树枝上，连细小的树枝都积了一寸厚的雪，好似开出朵朵雪花。其他还有扁柏、杉树、锥栗与青刚栎，积雪方式大异其趣。第一次见到时，我不禁赞同古代画家嗜画雪景的理由。四季的风景中，最美的也许就是这片雪景。

然而，这份美景顶多只能维持到上午十点。小树枝上的积雪极易崩塌，一阵轻风，或是短暂的阳光，都会使积雪立刻消融。当树枝上的白雪崩塌，雪景戛然而止。即使我想让城里的人见见这美景，总不能如愿。

二月初，大约是立春稍早的时候，池里的鲤鱼开始游动，小鸟经常造访院子，与雪景交错。这样的季节，与红叶及新绿相距最遥远，也最平静，是一种低调的美。古时候的人，正好从这段时间起，庆祝一年之始。

（1950 年 9 月）

◎作者简介

和辻哲郎

1889—1960

哲学家、伦理学家。出生于兵库县神崎郡，就读东京帝国大学哲学系期间，与谷崎润一郎、小山内薰等为《新思潮》同人，陆续出版《古寺巡礼》《日本古代文化》《日本精神史研究》等论著，开启观看日本文化的崭新视野。1927 年前往德国留学，归国后于京都帝国大学、东京帝国大学任职。力图将东方道德精神与西方伦理思想融合，于 1950 年创立“日本伦理学会”，1951 年以探究战败原因的学术著作《锁国》获得读卖文学赏，另著有代表作《风土》探究人类与自然环境共存的原则与方法，于 1955 年获颁文化勋章。堂弟和辻春树为第十七任京都市长。

香鱼胜地

北大路鲁山人

丹波和知川的香鱼，实属上乘，位于岚山保津川的上游，往北落在龟冈分水岭，川流湍急。香鱼的身型好，肉质紧致，香气亦佳。

鲜美的香鱼，与香鱼发育及新鲜度息息相关。在京阪与东京，七月是最佳时期。其他地区则或早或晚。香鱼抱卵前的最大体型，乃是最佳状态，抱卵则次之。有些人偏好外观好看，不过这是门外汉的看法。东京也流行品尝香鱼，鱼市有大量来自日本全国的香鱼，欲在东京享用美味的香鱼，本为缘木求鱼，荒诞不经的念头。香鱼乃溪水急流孕育而成的珍馐，尽早享用才好。岐阜香鱼亦小有名气，尚且算不上我心中最美味的香鱼，更别提东京了。

京都保津川的很好，当地新鲜的更好。不过我还是劝诸位打消在东京品尝美味香鱼的念头。尽管多摩川也有香鱼，不晓得是否为河川环境不适合香鱼之故，完全不能入口。我从不曾尝到过美味的多摩川香鱼。香鱼的优劣，与气候及川流息息相关。日光[①]大谷川一带的还算美味，不过仅能在当地享用。带到东京来，只是糟蹋了美味，无须自豪。我早已舍弃在东京享用香鱼的欲望。

---

① 位于枥木县。译者注。

丹波和知川[1]的香鱼，实属上乘，位于岚山保津川的上游，往北落在龟冈分水岭，川流湍急。香鱼的身型好，肉质紧致，香气亦佳。目前尚无能出其右者。将和知川的活鱼运到京阪，当日食用还算美味。两三日后，脂质已经流失，即使鱼还活着，烧烤过后，鱼肠已不复见，形成一个宛如隧道的空洞。鱼肠几乎由脂质构成，养在水槽三日，脂质尽数消失。没了最值得一尝的鱼肠，已经没了价值。

每个地方都有自豪的香鱼，欲品尝现捞鲜鱼，当地的自然最为鲜美，而且体型越小越好吃。

岐阜人以香鱼为傲，然川流不急，肉质不够紧致，较为松软，称不上一流品。川流越急，肉质越紧致。岐阜的鸬鹚捕鱼十分有名，仍未考虑制成料理供人食用。未来，盼鸬鹚匠考虑当场料理活鱼，供观光客食用，如此一来，岐阜人才有谈论香鱼的资格。乡下地方的人经常说自家的香鱼好、松茸好、笋子好，真想怒骂他们自以为是，总之，当地生产的新鲜农作

① 位于京都北。译者注。

物，滋味自然鲜美，大老远送来的食物，岂会好吃？大部分的乡下人，因为这个缘故，认为只有当地的食物最好吃。

乡下人毕竟不像城市人，能有各式各样的体验，自然是以管窥天，自以为是。香鱼也好，松茸也罢，若不曾体验过各种滋味，选出最好的一种，岂能发掘真正的价值？井底之蛙眼中的世界极小，永远看不见真正的价值。

举例来说，人们经常听说土佐的炙烧鲣鱼是举世闻名的珍馐美馔，实际上不过尔尔。此乃由于土佐为临海之乡，料理不甚发达，大部分的人不懂得讲究。因此，当地人认为炙烧鲣鱼已是上天下地再也找不到的佳肴。

承上，一旦视野狭隘，凡事皆然。城里的半吊子美食家囫囵吞枣，胡乱认证，大肆宣扬土佐炙烧鲣鱼的美味。坦白说，这菜并不那么好吃，看在吾人眼里，它的做法甚至不便食用。结果那些半吊子美食家们只得收拾善后，成了井底之蛙，落得一个贻笑大方的下场。

◎作者简介

北大路鲁山人

1883—1959

日本著名全才艺术家，拥有美食家、陶艺家、书法家、画家等身份。1883 年出生于京都上贺茂，是上贺茂神社住持北大路清操次子，本名房次郎。年轻时志愿当画家，于书法和篆刻领域展现才华，1921 年在东京开设美术店。而自幼养成对料理的兴趣驱使他前往日本各地修行，包括长滨、京都和金泽等地。1925 年担任高级料亭“星冈茶寮”顾问兼料理长而远近驰名，店内使用食器更是他亲自发想制作。曾获政府指定为“人间国宝”却予以辞退。以“器皿是料理的衣服”为口号，晚年投入陶艺创作，将美意识引进饮食领域，创造日本独特膳食文化。

京都的石伏鱼茶泡饭

北大路鲁山人

石伏鱼茶泡饭从以前就很有名，不过，我想连京都人都鲜少尝过吧。京都以外的人，大概连名字都不曾听过。

饕客称石伏鱼茶泡饭为茶泡饭之王，十分珍贵。

从前，京都的加茂川有很多石伏鱼，如今，不到上游，已经抓不着了，而桂川还能大量捕捞。石伏鱼好栖息于浅滩，清净河水流动的河原，是身长仅约一寸的小鱼。

不知道什么是石伏鱼的人，只要知道外形类似鰕虎即可，鱼腹上有鱼鳍形成的吸盘，吸附于河底的石头上，不会被急流冲走。

石伏鱼的大小不一，本处登场的石伏鱼是小型石伏鱼，体长不超过一寸，小归小，还会抱卵，虽然短小，滋味却很鲜美。

京都的淡水鱼料理，通常在赤出汁[①]（味噌汤）的碗里，放入七条鱼。只要放进七条小鱼，就成了完美的京都名产，不难想象其鲜美滋味，因为价格十分昂贵，捕获量也不多，怎么也无法制成佃煮[②]食用。尽管如此，还是有人制成佃煮，石伏鱼茶泡饭可说是天下一品，极尽奢华的一道菜。

---

① 以红味噌与日式高汤制成。译者注。

② 以酱油、砂糖熬煮的小菜。译者注。

现在，活的石伏鱼一升[①]大约两千日元[②]，制成佃煮后，份量又更少了，成了无比昂贵的佃煮。

石伏鱼的佃煮，顾名思义，乃是只用酱油熬煮昂贵的石伏鱼。吃时，要把十来条鱼放在热腾腾的白饭上，再淋上茶汤享用。

石伏鱼茶泡饭从以前就很有名，不过，我想连京都人都鲜少尝过吧。京都以外的人，大概连名字都不曾听过。

饕客称石伏鱼茶泡饭为茶泡饭之王，十分珍贵。然而，尝过之后，才发现倒也不是多么奢侈的佳肴。因为十分昂贵，一碗饭至多只能放十条鱼，价钱自然不会太高。只不过，既已得知五至七条即可制成知名汤品，要制成佃煮，还是需要勇气。一想到制成佃煮很可惜，还是会煮成味噌汤，平凡地享用。

虽然到处都抓得到石伏鱼，不过京都的体型较小，品质较佳。

---

① 旧时日本计量单位，约现在的 1.8 公升。译者注。

② 此为昭和七年，1932 年的物价，换算为今日的物价，约为 500 万日元。译者注。

建议有志者前往京都时，不妨命餐厅用酱油熬煮，尝尝它的滋味吧。尝过之后，即可一举擒下茶泡饭的天下。

顺便提个与茶泡饭无关的话题，京都还有一种名为“鹭不知”[①] 的美味小鱼。

① 京都名产，是一种小鱼，可做佃煮，如今十分少见。译者注。

夏日小点

北大路鲁山人

“您今天早上要尝点儿什么呢？今天要不要来点清爽的锦木呢？”

这锦木可是尝过之后让人神清气爽的美食。

酷暑时分，难免希望食物多一点变化。这种时候，我经常准备这些小菜，满足自己的食欲。

“雪虎”——这道菜没什么特别之处，豆腐先炸再烤，佐白萝卜泥食用。只因在烤过的炸豆腐上，淋上雪白的萝卜泥，故名“雪虎”。若是在冬季，则把白萝卜泥换成青葱，称为“竹虎”，这是京都的称呼。

这道小菜十分适合在夏季享用，早、中、晚皆可食用。先把 1.5 寸厚的炸豆腐[①] 放在烤网上，烤出琥珀般的焦色，再切成适当的大小，佐上大量的新鲜萝卜泥，随手淋上酱油食用。

份量与器皿可以视情况增减，若是精心准备，不仅是一道家常美食，贵客来访时，更是一道可以端上桌的美味佳肴。若是煮得好，风味简单醇厚，能满足一流饕客的口腹之欲。半吊子的天妇罗远不及它的美味。准备时的小秘诀自然是取得美味的炸豆腐，还要找到新鲜的白萝卜泥。

“锦木”——若曾在京都木屋町一带[②] 流连，应该

---

① 东京称为生扬豆腐。译者注。

② 暗指花街。译者注。

都有这样的经验：通宵玩乐，不知黎明已至，直到近午，才抬起沉重的头部，

京都东山连峰，好似一座棉被山。[①]

倾听眼前加茂川潺潺的清澈溪流，终于醒来，坐在已经整理好的房间里，红裙[②]微笑着鱼贯而入，最年长的艺伎开口说：

“您早……”

接下来立刻说：

“您今天早上要尝点儿什么呢？今天要不要来点清爽的锦木呢？”

这锦木可是尝过之后让人神清气爽的美食。

将上等鲣鱼干削成极薄的柴鱼片，高级山葵磨成黏稠的泥状，还配上意料之外的腌萝卜。食用方法为各取适量，放在自己的盘中，以筷子前端轻轻搅拌，淋上适量酱油，放在热腾腾的白饭上，扒进嘴里

---

① 服部岚雪之诗。译者注。

② 艺伎。译者注。

即可。同时以手掩住口鼻，好半晌说不出话来，这就是锦木的美味之处。也可以混入甘紫菜，不过风味稍嫌粗鄙。最美味的锦木只取上等鲣鱼干中心的红肉部分，削成薄片，以金属磨泥器将粗大的高级山葵磨成泥状。白饭不可太硬，也不可过软，得煮到恰到好处，而且必须是刚煮好，热腾腾的米饭。餐具则不放平盘，放在较深的向付[①]里。

锦木这名称的由来，应该是将削下来的片片柴鱼，比拟为锦木[②]。

"白瓜皮"——白瓜，又称庵瓜，也称为越瓜。接下来都是白瓜的盛产季节。用白瓜烹煮薄芡羹汤时，通常会把表皮削除后丢弃，然而食用前一小时，以米糠味噌腌渍弃置不用的表皮，可是能让你通晓腌渍品之绝的美味。

尝起来爽脆，口感极佳，色彩青嫩，最适合在夏季晚餐时品尝。也很适合当下酒菜，搭配日本酒或啤

---

① 用来盛装生鱼片或腌渍物的小盘子。译者注。

② 指卫矛，秋季红叶似锦，十分迷人。嫩枝具二至四条薄翅。译者注。

酒。这料理自古以来就是京都生活中的腌渍妙品。京都人应该都很熟悉才对。

“鲣鱼中落味噌汤”——制作鲣鱼生鱼片之时，会将鲣鱼切成三片[①]，中间的那一片就是中落。中落多半弃置不用——请勿丢弃，取蛤蜊壳等工具将鱼肉刮下来。刮下来的鱼肉与味噌，以三比七的比例混合备用，放进研磨钵里磨碎，不需过滤，用平常煮味噌汤的方法煮汤即可。锅子里的味噌汤刚煮滚的时候，立刻捞去表面浮沫，盛进碗里。再滴入两三滴姜泥挤的汁，风味更佳。碗里可以放一些白萝卜丝调味。

不管是白瓜皮还是鲣鱼中落味噌汤，都是能让饕客惊叹的美食，不知此物者从未想过竟能废物利用，若您认同这是大有来头的料理，请务必一试。

（昭和六年）[②]

---

① 两片鱼肉与一片鱼骨。译者注。

② 1931 年。译者注。

祇园的枝垂樱

九鬼周造

枝垂樱如梦似幻地浮现，现代的照明打满它妖艳的躯体。说是美神现身也不为过。我在樱花身边且站且走，这边看看，那边瞧瞧，怎么也舍不得移开我的视线。

我喜欢树木，出门旅行时，绝对不会错过当地名树。在日本就不用说了，到西方国家也是如此。然而，如今我不曾见过比京都祇园名樱——“枝垂樱”更美的树木。近年来，每逢春日，我一定会前往欣赏，越看越觉无限美好。

它的美与位置及背景有着深厚的关系。名樱背后是染上红霞的春季青空，与鲜翠欲滴的东山，在稍高处展现宁静温稳的壮丽姿态。入夜之后更美。青空转深，染为靛蓝，碧山玄青，呈紫绿色。枝垂樱如梦似幻地浮现，现代的照明打满它妖艳的躯体。说是美神现身也不为过。我在樱花身边且站且走，这边看看，那边瞧瞧，怎么也舍不得移开我的视线。我的心情宛如在罗马与拿波里着了迷地欣赏阿芙萝黛蒂[①]的大理石像，只觉炽热燃烧的篝火也在膜拜美神。

也许有人觉得那一带的餐厅与茶馆十分丑恶，我不这么想。在这美神的身旁，我觉得一切皆美，一切至善。醉汉抱着一升的酒瓶在一旁闹事也无妨。我也

① 希腊神话中的美神，现多译“阿佛洛狄特”。译者注。

可以放过脱离团队，在路边以旁若无人之姿站着小便的男子。无论人们多么疯狂，做出多么离经叛道的行为，在这樱树之前，都未必是一件丑事。

今年我曾经连续三日过去散步，时间都还太早了。第三天的花只开了二三分。后来又是雨打，又是俗事的牵绊，我忘了樱花之事。待我想起，前去一看，那天下午的樱树已经夹杂着绿叶，逐渐凋落。终究是错过了七八分到盛开，那段最美的时刻。

数日之后，我抱着已经无花可赏的决心，再度前往。大约是晚间八时许吧，枝垂樱前的广场上，一座小舞台传来音响的乐声，约莫二十人在底下围成圆圈跳舞。有四十来岁的秃头男子，也有剪着娃娃头的小女孩。绅士帽跳着，狩猎帽也在跳着。有人穿着和服便装，也有人穿着西装。也有年轻人直接穿着脏兮兮的工作服，边打拍子边跳。木屐、草鞋、皮鞋、赤脚、深蓝色足袋[①]全都配合乐曲，踩着一致的拍子。有人绑辫子，也有人盘髻。就在我回头眺望满是绿叶

① 两趾袜。译者注。

的樱树时，穿着外套的桃割髻[①]与穿着红色前垂[②]的圆髻[③]也进来跳舞。我站在观众之中，看了一会儿。我身边的男子低声说："像这样人少一点才好。"看来樱花盛开时，来跳舞的人可能更多。

独自沿着知恩院[④]前的黑暗小径回家，我左思右想。上班族、店员、司机、工匠、少年、女事务员、少女、女服务生、旅馆接待员、加油站女孩[⑤]都能像这样，在一起跳舞，真是一桩至善的美谈。这是春日之夜，最适合男女一起共舞。再也没有比它更自然的事了。日本实在少有能让异性玩在一起的娱乐了。人又不是一整年，从早到晚，都能绷着一张脸工作的生物。偶尔痛快地玩一场，也能提升工作效率。有智识者可以从思想问题及社会问题切入，深入思考。像这

---

① 江户后期到昭和初期，年轻女性流行的发型。译者注。

② 围裙。译者注。

③ 江户时期到明治时期，已婚女性最流行的发型。译者注。

④ 位于京都东山区的佛寺。译者注。

⑤ 昭和初期，女性逐渐步入社会，当时穿着和服为客人加油的女性，即称为加油站女孩。译者注。

样，不花一毛钱，每个人都能参加的舞会，该有多好啊。我们应该为大众，多制造一些类似的机会。人生在世，大家都活得很苦。跳舞的时候，也能忘却一切烦忧吧。

雅致的樱花哎呀呀
俊男美女有缘来相会
上前吧上前吧上前吧上前吧

歌声仍在我的耳边缭绕。不知为何，我浑身充满喜悦。我打从心底祝福这些不知打哪来的人们，愿他们都能幸福。接木的老樱树啊，快点重返年轻吧。展现你的美与爱，化为维护人性的守护神吧。

◎作者简介

九鬼周造

1888—1941

京都学派哲学家。出生于东京，1912 年自东京帝国大学哲学系毕业，1922 年前往欧洲留学，先后师事新康德派李凯尔特，以及亨利·柏格森、胡塞尔、马丁·海德格尔等哲学家。1929 年归国后任职于京都大学，教授哲学史。同年，与第一任妻子离婚后，迎娶祇园艺伎为妻。擅于运用现象学、存在主义等西方分析方法，解析一直被认为是只可意会而不可言传的日本传统文化，是少数能够在日本语境中理解西方哲学者。1930 年发表独自的日本文化论《"粹"的构造》为其代表作。

京都人的生活

宫本百合子

搭电车的时候，第一眼印象与东京大异其趣。女人都很客套，一本正经，不似东京的精力充沛。出门的时候，一定要穿上符合时节的服装，否则很丢脸。

都会有各种特色，十分有趣。在完全不认识京都，最近偶尔来一趟，还不熟悉京都的外人眼里，感觉和当地人不一样。京都人日常生活的细腻、漂亮的风景，连向来豪迈、个性朴实的关东人都全然赞赏，肯定京都的价值。一切皆美。然而，京都人真的全是富有情趣的风流雅士吗？那倒未必。有趣的是，看着土生土长的京都女性，她们会挑选颜色漂亮的和服，把家里打点得井然有序，认真追究精神的话，她们就好像只是自然遵循传统的力量罢了。搭电车的时候，第一眼印象与东京大异其趣。女人都很客套，一本正经，不似东京的精力充沛。出门的时候，一定要穿上符合时节的服装，否则很丢脸。女人心里随时都在想这些事。外表文静，端庄贤淑，内在却要操烦这些事，精神紧绷，非比寻常。我觉得很不自由。

女人被养育成全方位的经济大师，爱干净，擅长家事，看在旁人眼里，共同生活的男性看似幸福，实则不管往右看还是往左看，母亲、妻子、姐妹全都是同一型的人，端庄贤淑，看了也很烦，于是，京都男子喜好玩乐。

玩乐的地点也是传统又恰到好处，越是恰到好处的玩乐地点，京都男子的玩心越重。追究心理方面的因素，乃是因为家里的女性太适合家庭，极端地说，就像是永远的管家。原因是都市的活动缓慢，还有多余的时间与精力。……感情强烈的现代人，在工整的自然风景中闲静、平缓，在一眼可以望穿的市镇，过着昏昏欲睡、遵循传统的生活，应该会殷切期盼带来刺激、激发热情之事。追求超日常的心理，使他们失去鉴赏古都之宝的活泼艺术精力。京都人，无分男女，都是现实主义者。

（1926 年 6 月）

◎作者简介

宫本百合子

1899—1951

小说家。出生于东京小石川，旧姓中条。1916 年进入日本女子大学英文系就读，十七岁发表以穷苦庶民生活为题材的小说处女作《贫穷的人们》，获得“天才少女”之美誉，之后陆续发表《阳光灿烂》《丰饶土地》等小说确立文坛地位。1928 年前往苏联拜见社会主义文学奠基者马克西姆·高尔基，归国后加入日本无产阶级作家同盟及共产党，在写作之外亦参与政治活动，曾多次因与政府思想抵触入狱。入狱期间写给丈夫的四千多封书信后结集成册，以《十二年的书简》为题出版，展露战时知识分子的精神光辉。战后发表《播州平野》《道标》等小说，带领民主主义文化与文学运动活跃于文坛。

高台寺

宫本百合子

带点儿湿意的山气、松林，在此勾勒一条龙的构想，设计者肯定是个活力充沛的人吧。就连平等院的景致也是，若不是随时考虑周围加以调整，肯定没什么打动人心的美感。

买了三等门票，坐在平土间第一排[①]。最后一天，连他们后方的栈敷[②]都挤满了人。距离不到一间的地方，就是高耸的舞台。

不久，响起了乐曲，简短的引言结束后，乐队高声说："都舞——"

扬幕[③]后方，传来许多人此起彼落、异样地振奋人心的吆喝声。

"——即将开始。"

同时，左右花道[④]各走出一队舞娘，她们拿着鼓、太鼓、笛子、钲[⑤]，掀动振袖，鱼贯而入。正想看另一边的花道，这边也走过来了。华丽的桃花色，宛如跑马灯一般闪现，女性化的亢奋与沸沸扬扬的闹剧，炒热会场的气氛。

---

① 歌舞伎剧场里，舞台正面隔成方形的池座，最早的剧场没有屋顶，下雨时平土间会浸水，所以是比较便宜的座位。译者注。

② 在平土间左右，较高的位置。译者注。

③ 出入口的垂幕。译者注。

④ 贯穿观众席，通往舞台的细长走道。译者注。

⑤ 一种铜制的打击乐器。译者注。

排成一列，在舞台站定，接下来就举起樱花枝，一会儿往左，一会儿转圈，开始单纯的舞蹈动作。从花道出来的时候，本以为就是她了，热切盯着她的脸，这才发现看错人了。左边算起的第五位舞娘，跳舞的时候频频望着这边，仔细看着她抛来的媚眼，果然是桃龙。淘气的她，现在正经八百地将樱花枝高高举起又放下，看来十分可笑，他们忍不住笑了起来。她在舞台上转圈又拍手，若无其事地朝他们吐了吐舌头。一直在舞台右方的里荣，则假装不认识他们，独自乖巧地跳舞。

白天，里荣说："今天轮到我出场，一定要来捧场哦。"

在场的桃龙也说："说好了哦，一定要看左边的花道哦。"

剩下她一个人的时候，也再三提醒："千万别坐错位置啰，要坐在靠近左边花道的位置哦。"

当时还不以为意，现在看来，桃龙想让他们坐在最容易看到自己的地方。在关键的舞蹈中，偶尔舞娘也会交换位置，不过里荣一直在广大舞台的另一头，桃龙则一直在他们面前。仔细一看，从人偶般的妆容底下，可以清楚辨识出她的大鼻子与看似任性的嘴角。尽管他们喜欢乖巧的里荣，由于位置的关系，自然以桃龙为中心。从这件事可以看出她们两人截然不同的个性，十分有趣。

“真是聪明的女孩。”

章子对桃龙苦笑。

他们正后方坐着两个京都大学的学生，他们带着饭店服务员来参观。他们穿着制服，盘腿而坐，帽子放在腿上，非常开心。他们已经熟知乐队的曲子，跟着合唱。

“你看，就是那个。”

“对啊……她真是美得让人如痴如醉。”

名唤一菊的舞伎，大概是一边跳舞，一边向学生打暗号，她忍着笑意，聪慧地扬起一边嘴角，露出舞伎典型的模样。

混在大量的人潮中走出来，买完东西后经过花见小路[1]，夜间小路充满绚烂之后的寂静。路边装饰着纸

① 贯穿祇园中心的大道。译者注。

糊的巨大樱花树，雪洞的灯光由下往上，把盛开的花朵照得如幻似真。

一辆人力车由大马路迅速弯进小巷。一名年轻女子斜倚在车上，拉开车篷，白皙小脸露出幸福的微笑。仔细一看，一名穿着袴[①]的年轻男子紧追在车后，与人力车一起奔跑。数米后，还有一群学生高呼："一菊万岁！一菊万岁！"追着车子而来。人力车摇摇晃晃地前进，一起奔跑的男子们，宽幅木屐打在后脚跟的声音，听来既碍耳又寂寥。

待野蛮的声音平息后，只在都舞期间亮起的红色灯笼，在夜色之下，显得更清亮了。

明月高挂，缓步前行，感到肩膀有点沉重，这是一个微凉的夜晚。回来之后，她们把手放在火盆上。"怎么样？"老板娘拿着泡茶用具走进来。

"看得清楚吗？"

"还以为我认错人了，好难啊。"

章子笑着用京都腔回答。

---

① 日式裤裙。译者注。

“扮成那样，哪分得出谁是谁呢？”

“对啊，完全看不出来吧，不过，男性的话，总是专心瞧个不停，也许那也是另一种乐趣吧。”

深碗里装着栗羊羹。深红釉药的中式小碗搭配小米浓烈的黄色，十分美丽，映得浅色餐桌更加出色。老板娘深谙茶道，还能出入一草亭[①]之门。小间[②]的壁龛里，挂着青枫的横式挂轴，从茶具也可以看出她的品位。

“……真好喝，这是哪里的？”

“河村家的。”

老板娘和章子聊起东京的提袋，看着她那张硕大又无趣的龅牙面孔，裕子突然觉得有点幽默。她压抑这股情绪，说：“可以让我看看你的手吗？”

“手吗？要做什么？”

老板娘把露出白色木棉衣领、条纹花纹的胸口往前顶，来回翻看自己的手。

① 西川一草亭，1878—1938，京都花道大师，对茶道也颇有研究。译者注。

② 茶道中，小于四张半榻榻米的房间。译者注。

“让我看一下。”

“哇啊，我看看……真是可爱的小手。”

那是一只单薄、没有血色的手掌。她只认识三条掌纹，不过，感情线完全符合之前听别人说的老板娘身世，裕子有点惊讶。

“你看看，掌纹果然骗不了人！”

“什么？”

“掌纹很老实哦，可以看出老板娘是经常偷吃的那种人。”

章子摸着下巴，掩饰差点笑出来的感觉，向裕子使了个眼色。章子可能察觉了裕子的计谋吧。裕子也笑出来，不过，她郑重地说：“真的哦，不过啊……”

“真的吗？我看看。”

章子连坐垫一起搬来，凑到一旁。

“怎么样啊？老板娘，准不准？”

老板娘任裕子抓着她的单手，屏气说：“真可怕。”

接着又认真地说：“你真的会看手相吗？……从哪一条看？哪里可以看出偷吃？”

裕子没想到老板娘竟会完全着了她的道，又是好笑，又是害羞，略带羞怯地说明："你看这条，食指和中指之间这条线，不是一条直线吧？刚开始的地方断掉了……这是十九年前的意思。接下来这里又断了一截，又一截……你看，接下来都数不清了。"

"……是净琉璃啊。"

老板娘并未露出笑容，有点斗鸡眼地直盯自己的手心，害两人放声大笑。老板娘对她们说了自己的经历。十九年前，在旅馆当服务员的时候，她曾受到一个男人的照顾，不久，男人跟他儿子两人竟然背叛她，自己只好一个人含辛茹苦地走过来。她编造出一部聪慧女子的列传。

"没有比女人更愚蠢的生物了，稍微对她好一点，竟然能忍十九年。真傻！现在给我钱也不干了。"

不过，这也是谎言。想不到老板娘竟然会对他们说这些虚言假语，她们一起笑着走回旅馆。

老板娘下楼，才刚走，楼梯口立刻传来："小拳头①，你在吗？"

① 指发型，拳头髻。译者注。

“还没睡吧？”

桃龙与里荣走了进来。里荣还顶着都舞的妆发。

“好累哦！”

她拿起旁边的茶，自己倒了一杯，喝下肚。

“怎么那么喘？”

“我是跑来的。”

“都是桃龙啦，硬是拉着人家的手，一路跑个不停……”

桃龙用宛如文乐[①]人偶的诡异表情，斜眼瞪着对方。

“跳那么恐怖的舞，不跑怎么行。”

都舞的最后练习日是非常重要的日子，连信心满满的老手都准时集合，只有桃龙迟到，而且还一脸睡眼惺忪的模样。她的若无其事，挑起泷泽老师傅的怒火，挖苦地说：“我看桃龙很厉害，迟到也没问题。”

桃龙跳不好可是出了名的，她笑出来，在众人围观的情况下，指着师傅的脸说：“你骗人。”

---

① 指人形净琉璃，人偶剧。译者注。

“师傅那时候的脸啊！真的是太好笑了，我快受不了了……‘你骗人’，你真敢讲啊。”

桃龙佯装若无其事，打开桌上的砚箱，开玩笑地画了起来。

“……靠近看的话，那张脸，简直像妖怪啊。”

“那张脸真的很奇怪，跳舞的时候，我们的脸惨兮兮啦……好痛，好痛哦，都裂开了。”

“……那是什么？”

“凡士林。”

“……亏你弄得到。”

章子听着两人交谈，裕子则是感兴趣地看着桃龙恶作剧的画。画的是“桃龙哭哭啼啼”“才不会跟小拳头撞脸呢”……“才不会跟小拳头撞脸呢”画着她们两人并肩同行的背影，滑稽的笔触中，明显掌握两人的特征。

“画得真好。”

“……让你看个好东西。”

她从手提袋中拿出一本手册。那是一本约莫五至七厘米的绿色手册。有些页面写着日记，有些页面则用钢笔画下各种细腻的图画。也有像《时事漫画》的久夫[①]会画的棒球比赛鸟瞰图，也有西方女性、男性，都会附上一些字句。“美好又愉快的新家庭”在宛如都都逸[②]的标题下方，新婚夫妻融洽地对望。不久，两人开始吵架，最后，竟然不知打哪来了一只猴子。瘦弱的猴子坐在树枝上。厌烦的妻子弯着脖子，顶着看似沉重的发髻，问道：“猿公，你知道我家那口子上哪去了吗？”

绘本中的女子宛如桃龙，有着大大的鼻子，那些画仿佛画着她的境遇，流露出年轻女子的心情，裕子有点同情桃龙。

“人家先去换个衣服。”

在角落画脸取乐的里荣起身。

“人家也要……”

---

① 河盛久夫，1898—1968，周刊《时事漫画》的员工。译者注。

② 江户时代流行的诗歌格式。译者注。

两人在角落解开腰带，里荣突然拖着放下端折[①]的下摆，凑到章子身旁。

“喂，小拳头，我们来玩个好玩的游戏吧？……站起来。”

“要做什么？”

“乖乖让人家摆布吧。”

桃龙说着，抓住章子，剥下她身上的褞袍[②]。

“喂！别做奇怪的事。”

章子慌忙按住胸口。

“哈哈！看你这副德行……”

桃龙大吵大闹地脱下褞袍，披在自己身上，先帮章子穿上里荣刚才穿的长襦袢[③]，再穿上青竹色的和服，用以金泥在红盐濑[④]上绘着竹子的腰带，高高绑在胸口下方，看了她的模样，连裕子都捧腹大笑。

---

① 和服折在腰带底下的部分，用来调整和服的长度。译者注。

② 御寒用的长版外衣。译者注。

③ 介于内衣与外衣的中衣。译者注。

④ 盐濑羽二重，以粗线织成的厚质丝织品。译者注。

"这是什么样子！拜托别再欺负她了。"

"黑小子的新娘！黑小子的新娘！"

裕子流泪大笑。

"才没有这种新娘呢……是下海吧，下海。"

"下楼让他们瞧瞧。"

"……等一下，头上得戴点什么才行，有了，我有一个好东西。"

把手巾罩在章子头上，绑了一个大姐头[①]，拉着她吵吵闹闹地走出房间。

"各位……这是里荣的大姐，拳里，请大家多多指教。"

"……在做什么？"

茶水间的纸门拉开，老板娘刚露脸，看了这副景象——"嘿！"她立刻露出龅牙大笑。

"被欺负得真惨啊。还蛮可爱的嘛，你就努力赚钱吧。"

桃龙板着脸重复一次。

---

① 把手巾放在额头上，左右绕到后面之后，一角垂在中间的绑法。译者注。

“各位……这是里荣的大姐，拳里……”

章子像吓小孩的舞狮，慢慢逼近在一旁捶胸大笑，笑到连腰都挺不直的年轻女服务员身边。

“好可怕。”

“别做傻事了。”

裕子坐在楼梯中段，刚开始，她也开心俯瞰楼下铺地板的房间。过了一会儿，裕子感到一股微妙的心境，她觉得取笑自己来取悦别人的章子很可怜。胸口缠着红色腰带，露出一大片在紫藤色绣上厚质白菊花的华丽半襟，根本不适合章子黝黑又泛红的脸庞，甚至有点丑恶。章子也知道这一点，表面不动声色，忍着笑意。看到大家都凑在她身旁，百看不厌地大笑，裕子怎么也高兴不起来。她独自回到二楼，靠在和服散落一地的客房立柱上，等待大家回来，裕子想象着自己跟章子倾诉这时的心情，一个人露出似苦又甜的微笑。章子一定会说：“那是你的偏见。”

后天是星期天。她们去高台寺欣赏莳绘[①]。莳绘那

① 以金、银、色粉在漆器上绘制纹饰。译者注。

栋建筑物在后山的半山腰，所以她们得沿着登龙之梯往上爬。听说这是远州[①]的主意，上山时只沿着龙的白腹，下山时则踩着龙的黑背，在阶梯的角度上花了一番心思。

不怎么满足地走出寺庙，两人漫步的同时，一边想着这件事，看到实体更能理解登龙之梯设计者的苦心。带点湿意的山气、松林，在此勾勒一条龙的构想，设计者肯定是个活力充沛的人吧。就连平等院[②]的景致也是，若不是随时考虑周围加以调整，肯定没什么打动人心的美感。

“……京都的文化不就是这样吗？概略地说的话。”

“就某种层面来说，我也是这么想。”

她们聊着完全相反的例子——龙安寺[③]的石庭，穿越真葛原[④]。草皮上有不少人，还有好几组人坐在红

---

① 茶道的远州流。译者注。

② 位于京都宇治的佛寺。译者注。

③ 位于京都右京区，以石庭闻名。译者注。

④ 今圆山公园一带。译者注。

毛毯上，打开重箱[①]喝酒。成年人游山的景象，更符合她们对京都的印象。

她们往圆山方向前进。当马路上的人影稀少时，另一头走来两名女子。走到可以隐约辨识脸孔的距离时，对方大声呼喊。

“小拳头！”

是桃龙和另一个她们不太熟识的女子。

“……喝喜酒吗？”

桃龙以她常见的眼神，横了章子一眼，算是肯定她的问题。

“你们要去哪？”

“嗯……我们打算在这附近逛逛。”

“哦……人家也要去。可以吧？”

她回头附在同伴耳边说了几句话，和章子她们走进附近的金鱼店。入口好像是植栽店，在短小的缓坡上走了几步，就是挖着坑的地面。

那里放着中式花盆和普通的木箱，各式金鱼在里

① 盛装食物的套盒。译者注。

面悠游。一只箱子的竹帘下，一条中国兰寿金鱼正摆动它那醒目又魁伟的尾鳍。阳光从竹帘流曳而下，照在不怎么深的水里，异常的白皙，火焰般金色鳞片的闪光，宛如厚重的装饰品，让裕子联想起中国的玛瑙和玉石。

“喂，人家家里有五条这种鱼哦。”

那是很普通的龙睛金鱼，漆黑躯体在水里精力充沛地游来游去，像是不小心把水染成自己的黑色。青叶的影子映在摇曳的水面，配上桃龙衣袖下摆的颜色，仿佛初夏。

他们走到圆山深处，在亭子里小憩。亭子建于高处，往下有一条通往智恩院[①]的小路。越过那条小路，可以瞭望更广阔的景致。下方的道路经常有行人经过，亭子附近却十分幽静。未开花的杜鹃盆栽前有张板凳，他们来的时候，有一对已不年轻的夫妻坐在那里，惬意地望着眼前的风景。桃龙把和服下摆缠在自己的双腿上，在亭子里坐了一会儿，说：“感情这么

---

① 位于京都东山区的佛寺。译者注。

好，我去戏弄他们一下。”

她毫不犹豫地走到两人的方向。跟他们借了火之后，她又转过头，回来的路上高兴地吐舌而笑。她们忍不住也跟着笑了，看向帮她点烟的人，他们也在笑。星期日闲适的情景，让裕子觉得好不快活。板凳上那个男人的黑色宽檐帽，宛如公园的自由画。

人间剧

鸟羽伏见之战①

菊池宽

鸟羽街道以前是通往罗生门之道，京都入口设有东寺。来到距东寺十町之处的石桥，驻扎于东寺的萨兵进入鸟羽街道，两军冲突。

双方皆杀气腾腾，却未开战。

---

① 1868年1月27日至30日，于京都南郊的上鸟羽、下鸟羽、竹田、伏见爆发的战争。译者注。

战前的形势

再度讨伐长州失败，显见德川幕府已经失势。此时，长州萨摩业已结盟，策动讨幕计划。

稳健派的山内容堂[①]察知幕府气数已尽，欲为幕府画下完美句点，不得不上书谏言，写下应当大政奉还之因，呈交庆喜[②]。当时留在京都的庆喜有所觉悟，十月十三日，于二条城召集京中诸大名、众臣子，谘议后于次日——十四日上奏朝廷。

不知何故，萨长两藩竟于该日下达讨幕密敕。

亦即萨长及岩仓具视[③]正欲以武力镇压之时，幕府方面主动低头求和。

欲挟王政维新之绩，树立朝廷之威，势必要给幕

---

① 1827—1872，土佐藩主。他与土佐藩家老后藤象二郎共同向德川庆喜提议大政奉还。译者注。

② 德川庆喜，1837—1913。江户幕府的末代将军。译者注。

③ 1825—1833，维新十杰之一。译者注。

府致命一击，实质镇压，故幕府的大政奉还，使朝廷左右为难。

是故，朝廷分为两派。其一为公武合体派，嘉赏庆喜的大政奉还，让庆喜在新政府组织续任适合旧将军身份之职。另一派则是以岩仓为中心的排幕派，虽已下达讨幕密敕，幕府却提出大政奉还，不符原本预期，纵使无法武力制压，仍应以其他手段，蹂躏幕府势力。

十二月九日，排幕派胜出，颁布王政复古之令，反德川势力悉数复活，禁止公武合体派上朝。

是夜，于小御所[①]召开王政第一回御前会议，此为历史上最具意义之集会，山内容堂、松平春岳[②]为庆喜大力辩护，岩仓、大久保[③]断然拒绝，双方经历一番激烈辩论，暂时歇息，此时萨藩岩下佐次卫门[④]

① 御所内之建筑，幕末的藩士与公卿开会的地点。译者注。

② 越前福井藩主，幕末四贤侯之一。译者注。

③ 大久保利通，1830—1878，与西乡隆盛、木户李允并列为维新三杰。译者注。

④ 岩下平方，1827—1900，致力于倒幕运动。译者注。

见西乡隆盛[①]离席之际，泰然说道："口说无用。只能亮出匕首。"岩下将此事禀告岩仓，具视因此下定决心，若土越[②]两藩仍固执前见，难免发生不测事故，经由浅野茂勋[③]居中斡旋，容堂、春岳方才让步。

岩仓胜出后，准许庆喜于次日辞去将军之位，更要求庆喜主动提出退官纳地的条件。

对此结果，幕府上下、会桑[④]两藩均表不能信服。

庆喜奏请大政奉还后，原本期待庆喜及会桑两藩均能参与朝廷善后会议，不料会桑两藩获命，免除禁门警卫[⑤]之职，庆喜不得参与朝政，甚至不得新政府之一官半职，不难揣测其愤慨难平之貌。

此时，艺州藩兵入京，长州藩兵亦入京，排幕派打着如意算盘，若幕府及其势力愤然出手，即可顺势

---

① 1828—1877，维新三杰之一，其后与政府决裂、自裁。译者注。

② 土佐、越前。译者注。

③ 1842—1937，岛田藩主。译者注。

④ 会津、桑名。译者注。

⑤ 幕府第一次征伐长州后，长州藩发起禁门之变，其后由会津、桑名负责戒备。译者注。

攻打。

这时，二条城首度召集幕府麾下之游击队，如新选组、见回组、津藩及大垣藩之兵力，他们对朝廷的处置愤愤不平，加上萨长兵力即将攻打二条城的谣言四起，他们在城墙凿洞，预备架上枪炮。

庆喜深恐留在京都会出什么乱子，为抚慰激动的下属，率领阁老、参政[①]及会桑两藩之藩士，前往大阪。

关于此次大阪行，有人认为朝廷占领大阪要地，若能以军舰控制海路，即可制压萨长军，避免发展为大决战。大阪城中，会桑两藩依然群情激奋，严正提出必须以武力铲除对幕府无仁的岩仓卿、趁主公年幼一逞私欲的萨长两藩等君主身旁的一干奸臣。

尾张、越前、土佐三侯担心形势不利，若庆喜留在大阪，朝廷及幕府恐生嫌隙，力劝庆喜不带兵卒，再度上京，然幕府智识者认为如今不带兵卒上京，乃不智之举。上京意味着铲除君主身旁的奸臣，不如率

① 两者皆为家臣之职。译者注。

兵上京。赞成者越来越多。

此时，萨摩一带的浪人[①]在江户兴风作浪，疑似烧毁西丸[②]，最后甚至烧毁三田的萨邸。大阪城接获速报后，更是群情激奋，宛如火上浇油，温和的庆喜终于打着讨伐萨摩的旗帜，决意上洛[③]。

时值庆应四年正月三日。伏见[④]、鸟羽[⑤]、淀[⑥]皆有幕府兵驻扎，上洛之前，先命其进军。

维新原动力之众，坚信必须以武力讨伐幕府，否则将致使祸根不断，刻意煽动幕府之怒火。江户浪人的暴动也是益满休之助[⑦]在西乡隆盛的密令之下策动，然此事不可能留下文献记录，如今仍是历史上的

---

① 主公落没，没有俸禄或脱藩的武士。译者注。

② 江户城内的建筑，当时江户城是德川幕府的主要据点。译者注。

③ 上京。译者注。

④ 今京都伏见区，当时是繁荣的近郊城市。译者注。

⑤ 分为上鸟羽及下鸟羽，分别位于今京都南区及伏见区。译者注。

⑥ 位于今伏见区西南方，当时是交通要冲。译者注。

⑦ 1841—1868，萨摩藩士。译者注。

谜团。

庆喜上洛肇因于尾越[①]两侯的劝说，此乃表面的借口，实则欲讨伐萨摩据点，将萨长势力逐出京都。

虽号称三万大军，其实仅一万三四千人许。

幕军的中心为法兰西传习队[②]，训练有素，配备尖端武器。再加上会津、桑名、松山、高松、滨田等藩的兵力。

京军方面，主力为毛利内匠[③]、山田市之丞[④]、交野十郎率领的八百长军、伊地知正治[⑤]、野津七左卫门[⑥]率领的萨军，再加上尾张、越前、艺州等勤王诸藩，不足一万人。

幕军沿着伏见、鸟羽两道推进。此时仍未进入交战状态，也许他们原本打算以威势突破关门，进

---

① 尾张及越前。译者注。

② 江户幕府的陆军精锐部队，由法国军事顾问团直接指导的西式军队。译者注。

③ 长州藩家老。译者注。

④ 山田显义，1844—1892，长州藩士。译者注。

⑤ 1828—1886，萨摩藩士。译者注。

⑥ 野津镇雄，1835—1880。译者注。

入京都。

鸟羽街道由大目付[①]泷川播磨守[②]领军，率领京町奉行[③]的组与力及组同心[④]。人数稀少，装备笼手[⑤]、胫当[⑥]，携带手枪、步枪者极少，没有大炮。

鸟羽街道以前是通往罗生门之道，京都入口设有东寺。来到距东寺十町[⑦]之处的石桥，驻扎于东寺的萨兵进入鸟羽街道，两军冲突。

双方皆杀气腾腾，却未开战。

幕军方面表示：“德川大人即将上洛，我为开路先锋。”

藩兵说：“我方尚未接获通知，无法放行。”

双方各执一词，萨兵表示：“通报御所之前，敬

---

① 江户幕府之职，负责监视大名、朝廷。译者注。

② 泷川具举，生年不详—1881。译者注。

③ 江户幕府于京都设置的机构，负责该地行政业务。译者注。

④ 两者皆为当时的官职，类似今日的警察。译者注。

⑤ 手腕的防具。译者注。

⑥ 小腿护具。译者注。

⑦ 一町约 109 米。译者注。

请稍候。”

泷川播磨守进入当地豪门村冈家歇息，萨长兵却在不知不觉间，包围村冈宅邸，拉来两挺大炮，置于石桥上，做好随时开炮的准备，播磨守察觉形势险恶，遂先行撤退。

午后四时许，桑名、高松、松山等藩兵沿着鸟羽街道，来势汹汹。这回与萨兵于中岛、东池一带相接。

桑名藩表示，此次德川大人接获主公敕命，先遣将上京，萨兵不从，数度争执后，萨州忽以大炮攻击，第一发大炮打在十余名桑名兵上，皆倒在地。此为鸟羽伏见之战的第一炮。两军以枪炮交战，幕军仍维持行军队列，手枪较少，被萨长打得落花流水，死伤惨重。

幕军退到下鸟羽，夜间十时许，正值夜膳时分，京军再度发动夜袭，爆发一大激战，幕军再度败退。然京军也折损市木、大山、后藤诸大将。

伏见口方面，最初由新选组担任幕军前锋，驻扎于此。

庆喜离开二条城后，由永井玄蕃头[①]率领大场一心斋[②]麾下水户兵二百人及新选组一百五十人留守，大场原本赞同勤王思想，与萨长暗通款曲，近藤勇[③]愤而于十七日离开二条，前往伏见，与该地奉行所卫兵集结，担任警备工作。

然而，曾为近藤勇手下败将，转向勤王派伊东甲子太郎[④]的党羽铃木三树三郎[⑤]、筱原泰之进[⑥]、加纳鷲雄等人，在萨摩的伏见屋敷接受庇护。

十二月十八日，近藤赴京途中，于伏见街道的藤森遇袭，右肩受到重伤。此乃伊东党羽的布局，如此一来，近藤无法参与鸟羽伏见战争，由土方岁

① 永井尚治，1816—1891。玄蕃头掌管玄蕃寮，管理僧侣及外国使节等事务。译者注。

② 1803—1871，水户藩家老。译者注。

③ 1834—1868，新选组局长。译者注。

④ 1835—1867，曾为新选组参谋，赞同攘夷，却是勤王派，与新选组的佐幕派理念不合，后来遭到新选组队士暗杀。译者注。

⑤ 1837—1919，幕末武士。译者注。

⑥ 1828—1911，新选组队士。译者注。

三[1]指挥。

此时，新选组业已领悟光靠刀剑无法成就大事，向幕军的间宫铁太郎兵队借来两挺大炮。

伏见方面，两军于战前对峙，鸟羽口的炮响成为开战指令。

土方岁三于伏见京桥口布阵，听闻鸟羽的炮声，即刻由滨通东行，北向进击京町。然伏见东方的桃山由彦根藩守备，幕军原以为彦根藩是我军，岂料萨藩早已在开战之后，挟朝廷之令，命彦根势力撤退，再运来自军大炮，向下扫射伏见市区。新选组在伏见奉行所门前一战，遭到原以为是我军的背后突袭，迅速败退，除勇的养子周平之外，十七人丧命。

是夜子时许，洼田备前守[2]麾下的法兰西传习队抵达战线，此为幕军的精锐部队，骁勇善战，接连击退萨藩，打倒长州，北进墨染[3]，却中了萨兵的埋伏，备前守战死，只得撤兵。

---

① 1835—1869，新选组副长，近藤勇的左右手。译者注。

② 洼田镇章，1827—1868。幕府步兵队连队长。译者注。

③ 今伏见区。译者注。

是夜，激烈的半市街战持续整夜，两军死伤者众，结果幕军未捷，退至淀。

第二天的四日，土方对夜晚败战大发雷霆，于千本松[①]重新布阵。此处右为淀川，左为沼泽地，欲以难攻的隘路对抗京军，萨长兵仅派出步枪队进击，轻易击溃新选组。以大众文学里有名的山崎蒸[②]为首的三十余人战死。光靠刀剑，毕竟无法制胜。

数年来，新选组在京洛之地，一直与萨长志士互不相让，终于在这场战争清算双方的关系。

其后，依田学海[③]曾问来到江户的近藤勇："伏见战争怎么了？"他只看了一旁的土方岁三一眼，说："问他吧。"土方苦笑回答："今后的战争，刀枪[④]已经无用武之地。不敌枪炮。"成了有名的轶话。

四日，幕军为逆转败势而战，然是日仁和寺宫

---

① 京都地名。译者注。

② 1833—1868，新选组队员。译者注。

③ 1834—1909，小说家。译者注。

④ 此处枪指的是长枪，非火器。译者注。

嘉彰亲王[①]驾金甲马[②]，高举锦旗，领军前进，直奔前锋，见到锦缎御旗，即刻判别官贼势力，萨长军意气轩昂，幕军气志消沉，显见败势。

五日，会津枪队在淀城附近奋战，击毙敌方队长石川厚狭介[③]。淀城城主稻叶家，由于春日局[④]的血缘关系，虽蒙受幕府诸多恩顾，仍向朝廷表达归顺之意，不许幕军在淀城扎营，此外，替幕府守备山崎，津藩兵藤堂家，愿服从天命，归顺朝廷，暗中将萨长兵藏在我方阵营里，六日，由侧面炮击在桥本布阵的幕军。不难察知幕军之狼狈。

至此，幕军溃不成军，逃往大阪、流窜纪州，桑名藩士直接从大和[⑤]逃回本国。

庆喜于六日夜里退回大阪，该夜，与数名近臣欲前往天保山冲搭乘开阳舰，暗夜之中，不得而见，遂

---

① 1846—1903，明治维新时任陆事总裁。译者注。

② 披黄金铠甲的马匹。译者注。

③ 1843—1868，幕末武士。译者注。

④ 斋藤福，1579—1643，德川家光的乳母。译者注。

⑤ 相当于今奈良县。译者注。

搭乘美国军舰易洛魁号，七日才改搭开阳舰，八日夜起锚前往江户。

《莠草年录》作者记下鸟羽伏见之战第一夜的印象。

前天三日黄昏之时，伏见一带失火，持续传来隆隆炮声，爬上屋顶一看，已冒出四五处火光，伏见一带遂成火海，大约是右边淀城一带，立刻传出激烈炮声，此起彼落，推测应是阪兵入侵，与萨长军交战，到长谷川家里，三泽也在，众人议论纷纷，我带着平子跑到大佛之处，爬上耳冢[①]，但闻炮声越来越近，若阪兵入京，应向御所请求谒见再返回，关门北方的御所一带，突然发出一道火光以及一阵骚动，也许是阪兵的内应，喧嚷声旋即停止，不久，远方的伏见仍然传来无数炮声，似乎是京军胜利，炮声终夜未歇，直至清晨四时许，仅小歇片刻。

从文章里，可以看出一介京都市民在战争当夜的

① 供奉战死者耳朵与鼻子的墓园。译者注。

感受。

鸟羽伏见之战，已经算不上战争，只是一场大规模的竞争。从进不进城的争执，演变成武力相向。

若小笠原壹岐守[①]等人，能有武将之谋略，恐怕不会掀起这场大战。

然而，当时勤王思想盛行，幕府诸藩亦各有立场，除了新选组与会津，幕军恐无毅然一战之意。

总之，幕府迅速瓦解，明治政府正要成立，未能留下这场战争的正确记述，实属遗憾。

---

① 小笠原长行，1822—1891，幕府家臣。译者注。

◎作者简介

菊池宽

1888—1948

小说家、剧作家。出生于日本香川县，本名宽。1910年进入第一高等学校文学系就读，后毕业于京都大学英文系。在学期间和芥川龙之介、久米正雄等青年文学家为同窗，曾参与艺文同人志《新思潮》之刊行，广泛接触海外近代文艺思潮和戏剧。毕业后担任《时事新报》记者，陆续发表《复仇的彼方》《藤十郎之恋》等小说，受到文坛瞩目，并于报纸连载长篇小说《珍珠夫人》开拓大众小说新领域；剧作《父归》于春秋座的上演亦获得好评，确立了小说家与剧作家地位。1923年创刊杂志《文艺春秋》，并设立芥川赏、直木赏等文学奖，不仅致力于出版经营、发掘纯文学界新人作家，更活跃于电影事业等多领域。

阿忍

芥川龙之介

昏暗的堂内，在微弱阳光照亮的窗户上，浮现受难的基督。浮现了十字架下方哭得不知所措的玛利亚与弟子们。女子用日本的方式，双手合十，平静地仰望窗户。

这里是南蛮寺[①]堂里。平常，这时的阳光还照在彩绘玻璃窗上。今天是梅雨时节的阴天，跟黄昏一样昏暗。堂里只有哥特式柱子的木纹泛着光泽，高高守护着圣坛屏。只见堂内最深处的一座长明灯，油灯照亮伫立于神龛的圣者像。不见任何一名参拜的信徒。

在昏暗的堂里，一位红毛人[②]神父垂首祈祷。他的年纪大约四十五六岁，是一名天庭狭窄、颧骨凸出、腮胡浓密的男子。拖在地板上的衣服，好像是名为“habit”的圣袍。手腕上还缠着一圈“玫瑰念珠”，垂落少许蓝色念珠。

堂内寂静无声。神父丝毫不动。

这时，一名日本女子静悄悄地走进堂里。女子穿着染了花纹的老旧帷子[③]，系着黑色腰带，看来像是武士家的妻子。她的年纪大约三十几岁。乍看之下，比实际年龄苍老多了。首先，她的气色很差，眼周也有

---

① 战国时代到江户时代初期，在日本的天主教堂俗称。译者注。

② 江户时代对荷兰人及英国人的称呼。译者注。

③ 麻质单衣，是武士家妻子常穿的服装。译者注。

黑色的阴影。五官仍然算得上漂亮。不，应该说是端正过了头，反而有点凶狠。

女子新奇地看着圣水盘与祷告台，怯生生地走到教堂深处。在昏暗的圣坛前，她看见一名神父跪在地上。她吓了一跳，停下脚步。不过她似乎立刻察觉对方正在祷告。女子望着神父，不发一语地站在原地。

堂内仍然一片寂静。神父动也不动，女子连眉毛也不曾挑一下。持续了很长一段时间。

后来，神父停止祷告，终于从地板上站起来。他看见前方有一名女子，欲言又止地站在那里。经常有人来南蛮寺里，参观没见过的十字架神像。不过这女子来这里，不像是为了满足好奇心。神父露出刻意的微笑，使用近乎单字的日语。

“您有什么事吗？”

“是的，我有事相求。”

女子热情地行礼。虽然她出身贫困，还是梳着一头整齐的笄髻①，低头请求。神父目光带笑，稍微点头

① 把头发盘在发簪上的发髻。译者注。

致意。手指绕着青色的“玫瑰念珠”，复又松开。

“我是一番濑半兵卫的遗孀，名叫阿忍。老实说，小犬新之丞生了一场大病……”

女子停顿了一会儿，接下来像是朗读似的，滔滔不绝地说起此行来意。新之丞今年十五岁。到了今年春天，也不知怎的，为疾病所苦，最后演变成咳嗽、没有食欲、发高烧。阿忍尽己所能地请医生诊治、买药，努力帮他调养身体，却一直不见成效。不仅如此，他的身子越发虚弱了。再加上这阵子已是捉襟见肘，没办法尽力医治他。听人家说，南蛮寺神父的医术，连麻风病都能治好。请神父务必救救新之丞的性命……

“可以请您看看他吗？”

说这句话的时候，女子一直望着神父。她的眼里没有乞怜的神色，也没有担心的样子。只是流露出一种近乎顽固的平静。

“好。我可以见他。”

神父捻着胡子，深思熟虑地点点头。女子求的并不是灵魂的救赎，而是肉体的救赎。她的行为不值得苛责。肉体是灵魂的居所。如果能修复居所，主人的病更容易消退。事实上，传教士法比安也是为此膜拜十字架。把这名女子送到这里，也许是神的旨意。

“令郎可以来这里吗？”

“恐怕没办法……”

“请你带我去见他吧。”

这时，女子眼中瞬间闪现喜悦的光辉。

“真的吗？您愿意这么做，真是太好了。”

神父感到一股温柔的感动。在这一刹那，面无表情的女子流露出身为母亲的表情。站在他面前的，不再是那个谨守礼教的武士之妻，也不是日本女性。她与以前在马槽产下基督，让他含着美丽的乳房，“极悲悯、极温柔、极甜美的天上之妃”相同，都是一名母亲。神父挺着胸膛，开朗地对女子说：“放心。我大概知道是什么病。把令郎的性命交给我吧。只要是人力可为之事，我会尽我所能……”

女子温和地插话。

“没关系，只要请您去见他一面，接下来，不管会怎么样，我再也没有遗憾了。接下来我会请求清水寺的观世音菩萨保佑。”

观世音菩萨！这句话使神父的脸色瞬间涨满愤怒的色彩。神父以锐利的眼神盯着无知女子的脸孔，摇头责备女子。

“小心。观音、释迦、八幡[1]、天神[2]……你拜的全是些木头与石头的偶像。真神、真天主只有一位。令郎是死是活，全靠神的一念之仁。不是那些偶像能解决的事。如果你珍惜令郎的生命，请别再向偶像祈求。”

不过女子只是把下巴按在老旧帷子的衣襟上，不知道她是否了解神父充满怒气的话。神父像要欺到她身上，伸长了蓄满胡子的脸，拼命地告诫她。

“请相信真神。只有生于犹太伯利恒的耶稣基督才是真神。其他都不是神。你心目中那些神，全是恶魔，是堕天使的化身。耶稣为了拯救我们，甘受十字架之刑。请看看他的尊容。”

神父隆重地伸长了手，指着后方的彩绘玻璃窗。

---

① 日本皇室的祖神。译者注。

② 日本神话中的神。译者注。

昏暗的堂内，在微弱阳光照亮的窗户上，浮现受难的基督。浮现了十字架下方哭得不知所措的玛利亚与弟子们。女子用日本的方式，双手合十，平静地仰望窗户。

“那就是传说中的南蛮如来吗？只要能救治小犬的性命，我愿意一辈子侍奉他。请求你的庇佑。”

在女子沉稳的声音里，藏着深刻的感动。这时神父耀武扬威地，弓着颈项，更是滔滔不绝地说了起来。

“为了净化我们的罪过，救赎我们的灵魂，耶稣降生到这个世界。请听听他一生的苦难与折磨！”

神父满怀着神圣的感动，来回踱步，喋喋不休地诉说着基督的生涯。天使向德行出众的处女玛利亚预告怀孕之事；在马槽降生之事；智慧的东方博士在星星的告知下，捧着乳香、没药前来之事；大希律王恐惧救世主降生，杀死男婴之事；施洗约翰之事；登山宝训之事；把水化为葡萄酒之事；治愈盲人之事；驱赶附在抹大拉的马利亚身上的七个鬼之事；使死去的拉撒路复活之事；在水上行走之事；

骑驴进耶路撒冷之事；悲伤的最后晚餐之事；橄榄山的祈祷之事……

神父的声音宛如神的话语，响彻昏暗的堂内。女子眼里散发光彩，沉默地倾听那声音。

“请你想一想。耶稣与两个强盗一起被钉上十字架。事到如今，只要想到他当时的悲伤、当时的痛苦……仍然会忍不住发抖。最令人惋惜的就是耶稣在十字架上最后的遗言。‘以利！以利！拉马撒巴各大尼？’意思就是，我的神！我的神！为什么离弃我？”

神父不觉闭上嘴。这才发现女子脸色苍白，咬着下唇，凝视神父的脸。在她眼里闪动的，再也不是神圣的感动。只剩下冰冷的轻蔑与彻骨的憎恨。神父哑然失色，有好半晌只能像个哑巴似地眨眼睛。

“真正的天主、南蛮如来说了这句话吗？”

女子不似先前的恭敬，像要一击毙命般冷冷地说。

“我的夫婿，一番濑半兵卫是佐佐木家的浪人。他从来不曾让敌人见过他的后背。从前，攻打长光寺城[1]之际，夫婿因为赌输之故，没了马，连铠甲都被夺走。大战当日，他赤身裸体地裹着写上‘南无阿弥陀佛’几个大字的纸外衣，拿带枝的竹子当背旗，右手抽出三尺五寸[2]的太刀，左手展开红纸扇，大声唱着:‘既夺人男宠，即使首级不保，也要觉悟。’[3]势如破竹地攻击人称织田大人身旁之鬼的柴田军。天主又是如何呢？只不过被钉在十字架上，就怨声载道，我瞧不起他。要我崇拜这么胆小的人，能有什么好处呢？至于你这个胆小鬼流派的人，我岂能让你到已经不在世的夫婿灵位之前？岂能让你为小犬看病呢？再怎么说，新之丞都是人称斩首者半兵卫的夫婿之子。与其要让他服用胆小鬼的药方，不如让他切腹算了。早知道这件事，我就不用特地来到此地了……我真是后悔莫及。”

---

① 野洲河原之战，在这场大战中，织田信长命柴田胜家防守长光寺城。译者注。

② 约 106 厘米。译者注。

③ 原文采用当时流行歌的方式。相传织田信长喜好男色，故作此歌。译者注。

女子噙着泪水，转身背对神父，像个躲避旋风的人，迅速走到堂外。只留下瞠目结舌的神父……

（大正十二年三月）[1]

◎作者简介

芥川龙之介

1892—1927

小说家，号澄江堂主人，俳号我鬼。1892 年出生于东京，东京帝国大学英文系毕业。大学在学期间创作短篇小说《鼻子》获夏目漱石赞赏，1917 年发表第一本创作集《罗生门》，正式踏入文坛。初期文风兼受古典文学《今昔物语集》和西欧自然主义影响，发表《地狱变》《枯野抄》等确立大正文坛代表作家地位。其后因饱受健康与精神疾病之苦，文风转为怀疑、厌世，带有晦暗的自传性成分，发表《竹林中》《河童》等晚年代表作。1927 年 7 月 24 日，于自宅饮过量安眠药自杀。

---

① 1923 年。译者注。

京都日记

芥川龙之介

习惯之后，我觉得京都的竹子不可思议，竟无刚健之气。柔顺的竹子像是早已习惯这城市。被根部吸上来的水分，也发出脂粉气息。

光悦寺[①]

到了光悦寺之后，本堂侧面的松林中，有两间小巧的屋子。两间屋子的位置都很巧妙，看来不像仓库。不仅不像，其中一间还挂着大仓喜八郎[②]写的匾额。我叫住带领我参观的小林雨郊，问："这是什么？"他回答："光悦会[③]建的茶室。"

我突然觉得光悦会无聊透顶。

"那帮人该不会叫你加入光悦吧？"

听了我的毒舌，小林君露出冷笑。

"这房子盖好之后，就看不见鹰峰和鹫峰衔接的模样了。比起盖茶室，不如整理那片杂树林，还省事一点。"

---

① 位于京都北区的佛寺，观赏鹰峰三山，鹰峰、鹫峰、天峰的胜地。译者注。

② 1837—1928，日本企业家。译者注。

③ 为缅怀书法家、艺术家本阿弥光悦发起的茶会。译者注。

望向小林君以洋伞指示的方向，原来如此，初夏的杂树林蓬乱无章，树梢烦闷地隐去鹰峰左边的山脚。若是没了那个，不仅能把山看清楚，就连在对面闪耀着的大竹林，都能看得一清二楚吧。再怎么说，比起在那里兴建茶室，肯定比较不费功夫。

后来，我们两人走进库院，住持让我们见识宝物。其中一个是约八寸[①]见方的小画轴，画着纵横交错的银色桔梗与金色芒草，还有以美丽字迹书写的和歌。画轴仿照芒叶垂落的模样，十分有趣。由于小林君是专家，所以他请住持把画轴挂在壁龛旁的支柱上，嘴里说着什么“真美。这银色烙得真好”。我叼着敷岛[②]，本来板着一张脸，见了这幅画的时候，我觉得十分平静，心情越来越开朗了。

过了一会儿，住持对小林君说：

“再过不久，我们会再建一间茶室。”

小林君似乎有点惊讶。

“又是光悦会吗？”

---

① 约 24 厘米。译者注。

② 香烟品牌。译者注。

“不是，这次是以个人的名义。”

我现在的心情已经超越不愉快，甚至有点奇怪了。到了这个地步，我已经搞不清楚自己对光悦的想法、对光悦寺的想法、甚至是对鹰峰的想法了。这么想建茶室的话，怎么不去买茶屋四郎次郎[①]的老宅邸或是哪里的麦田，要盖多少就盖多少呢？在茶室的屋檐下挂满一整面匾额和灯笼也没关系。这样一来，我也不用大老远跑来光悦寺了。没错，谁想来呢？

后来我们离开，小林君说：“我们来的时间正巧。如果再盖茶室的话，谁受得了。”仔细想想，我们来访的时机的确不错。不过，我还是很遗憾，如果能在一间茶室都没盖，更好的时机来访，不知道该有多好……我依然板着一张脸，和小林君一起，走出光悦寺那立在竹林后方的寂寞大门。

竹林

一个雨后的夜晚，我搭车经过京都的市区，过了

① 江户时代的京都富商，这是代代传袭的名号。译者注。

一会儿，车夫好像问了我要上哪？还是要去哪边？要上哪？当然是旅馆啊，去旅馆，旅馆哦，我在桐油纸后方说了两次。车夫说不知道那家旅馆，伫立在马路中央，动也不动。这下我也不知道该如何是好。虽然我知道旅馆的名字，却不记得旅馆在哪一区。而且那个名字普通至极，光靠它的名字，再聪明的车夫终究无法顺利带我回到旅馆吧。

正当我在烦恼的时候，车夫推开桐油纸，问说是不是这一带？靠灯笼的照明一瞧，车子前方是一片竹林。修竹千竿，绿影连青，交叠的叶片看似冷凛，泛着濡湿的光泽。我想这下来到不得了的地方了，我向他说明，不是这种田间，只要在小巷子里转两个弯，看到四条大桥就到了。结果车夫一脸惊讶，说这里也是四条附近。我说："哦，这样啊，不对啊，你到热闹一点的地方吧。"于是车子再次前行，在下一个巷子左转，没想到已经到了歌舞练场[1]前，真是奇妙。这时正好是都舞的时间，两侧规规矩矩地挂着点了

① 祇园的剧场，也是艺伎、舞伎练习技艺的地方。译者注。

火，画着祇园糯米丸子串的红灯笼。我这才发现方才的竹林是建仁寺[①]。不过那片深不见底的竹林，与这朝气蓬勃的花街竟然两两相对，让我百思不得其解。后来，我平安回到旅馆，至今，我仍然清楚记得当时仿佛遇到鬼打墙的心情……

后来，我认真观察，发现只要是京都的交界，不管上哪都是竹林。在热闹非常的市区里，只有这点绝对不能大意。正以为自己刚走过一排房子，马上看到竹林。这么想的时候，又到了市区里。尤其是刚才的建仁寺竹林，后来我行经祇园的时候，总会像当头棒喝似的，出现在我的眼前……

习惯之后，我觉得京都的竹子不可思议，竟无刚健之气。柔顺的竹子像是早已习惯这城市。被根部吸上来的水分，也发出脂粉气息。用另一种方式来形容，这竹子生得像是琳派[②]画师笔下的模样。生在闹区，也不会觉得碍眼。即使长在祇园正中央，也有两

① 位于京都东山区的佛寺。译者注。

② 日本的画派，注重装饰性与华丽风格。译者注。

三棵宛如光悦[1]莳绘的粗壮竹子，亭亭玉立，我更觉得这竹子长得好。

裸根亦如春雨竹，苍翠欲滴。

到大阪之后，龙村先生[2]要我写点什么，我想起京都的竹子，写下这首句子。在这竹林繁盛的京都，竹子自然别具一番京都风情。

舞伎

到上木屋町的茶屋喝酒，其中一个艺伎特别吵。我觉得她似乎是躁郁体质。我也不怎么舒服，于是把她交给小林君全权处理，我望向坐在我隔壁的舞伎，她乖巧地品尝椿饼[3]，发际的脂粉比较淡，露出

① 本阿弥光悦，1558—1637，江户初期的书法家、陶艺家、艺术家。译者注。

② 龙村平藏，1876—1962，日本染织研究家。译者注。

③ 一种以山茶花叶包裹糯米团子的日式甜点。译者注。

少许看似健康的黑皮肤，我觉得她比那位有趣多了。看她稚气未脱的模样，十分可爱，所以我问她会不会体操。她回答："忘了怎么做体操，但是还记得跳绳。""那你跳给我看吧。"这时三味线的琴声响起，所以这话题暂且打住。假如真要她跳，她大概不肯跳给我看吧。

配合三味线的琴声，小林君唱起改编歌词的大津绘节[①]。歌词全都写在半切[②]上，不看的话，似乎没办法唱好。每次快要接不下去的时候，两三名艺伎就会帮腔。连艺伎都唱不下去的时候，一名叫作阿松的年长艺伎就会帮腔。各种不同的声音，轮流拼补大津绘，接力往下唱，我觉得自己仿佛在欣赏贴交屏风[③]。我觉得十分可笑，听到一半就哇哈哈地笑出来。结果小林君受到我的影响，终于笑起自己的大津绘。剩下阿松独自唱到最后。

---

① 一种俗曲，江户后期到明治期间，在日本十分流行，以三味线伴奏的短歌谣。译者注。

② 书道纸裁半后的尺寸，34.8厘米×136.3厘米。译者注。

③ 将各种不同的绘画贴在屏风上。译者注。

后来，小林君请舞伎跳舞。阿松说："房间太小了，拉开唐纸拉门，到隔壁房间跳吧。"刚才那个吃桩饼的舞伎乖乖到隔壁房间，跳起京都四季。很遗憾，我看不出门道，不知道她跳得好还是不好。只知道花簪斜倾，垂落的腰带摇曳，舞扇反射的光线，甚是迷人，我夹起烤鸭食用，有趣地观赏表演。

老实说，我之所以觉得有趣，不只是因为漂亮的关系。舞伎似乎染了风寒，每次脸朝下的时候，那形状佼好的鼻子深处，总会隐约传出有如踩踏春泥的声响，使她看来完全不像个年长的教坊童女，让人觉得自然又惬意。我也醉了，觉得很愉快，等到舞蹈结束，我拿了一个羊羹还是桩饼给那名舞伎。要不是怕舞伎丢脸，我还真想告诉她，你刚才吸了五次鼻涕。

不久，那名躁郁的艺伎回去了，房里突然安静下来。看一下玻璃窗外，广告灯的光线映在河面。天空阴沉沉的，根本不知东山位于哪个方向。我反而觉得忧郁了起来，于是对小林君说："要不要再唱大津绘呢？"小林君靠在扶手椅上，孩子气地笑着，直说不要不要。大概真的醉了吧。舞伎似乎也不想再吃桩饼了，一个人折着纸鹤。阿松与其他艺伎，悉悉索索地不晓得在说谁的八卦……我离开东京以来，在这豪华的茶屋里，首度尝到一股近似旅愁的寂寞情感。

（大正七年六月）[①]

① 1918年。译者注。

京阪见闻录

木下杢太郎

来到京都后，我竟然在车站就遇上和尚，让我觉得不寻常。接下来，在我到达四条的路上，卖黄铜烛台的黑暗店铺、大牛、河柳、众多旅馆与古早味的桥梁，都刺激着我的视觉。

我打算在明晚启程。现在来新桥，是为了给前往名古屋的人送行。等候室里满是候车人们不安的情绪与香烟的雾气。

我拿起《商标公报》杂志的别册来看。从这本书里可以体会到某种实用的平民艺术，勾起我的兴趣。灭鼠药的商标是猫拿着手帕拭泪，总觉得这图片似曾相识，还有叫作 PARK 公园的肥皂，这名字真是叫人头大。尽管如此，用心理学甚至是艺术串起两种概念，才是另一种有别于俳句的趣味。也有化妆品是菖蒲与翡翠的组合。还有像是西方人临摹的奇异字体，写着“武士印”，画着骑马武士的木棉织品商标，我莫名想起横滨武士商会店面的装饰。这的确反映出西方人眼中的日本趣味。还有名为“樱山”的清酒。也有称为“吉野”的酒。之前竟然一直没有人取过这些名字，我反倒觉得十分佩服。“正宗”印着盛装打扮走在路上的花魁，从胸部到腰间的图案虽然露骨，却很特别。与西方人 Bacchus Venus[①] 双方兼具神性的思

① Bacchus 为罗马神话中的酒神巴克斯，Venus 则为爱神、美神维纳斯。译者注。

考对照，更显得十分有趣。鸫曲渍[①]该怎么念呢？把整辆电车画成商标图案，现在的新人还真大胆。

我曾经读过天明年间的《江户町中食物重宝记》[②]。我想起书里也有一些外框简单、画着店名与家纹的广告。看到当时有名的于满寿司广告，不禁萌生一股思古之情。《日本广告画史》搜集了张贴于神社佛阁的千社札[③]，汇集成三本书，这是业余人士苦心完成的结晶，让我十分惊讶，什么时候还有人有闲情逸致去做这些事呢？话说回来，目前还没人完成一本厉害的浮世绘史呢。

（3月29日，于神户）

昨晚到达神户前，我白天都待在京都。不过，现在我已不记得看过什么。顶多就是河原的晾布。庚申

---

① 一种腌制食品。译者注。

② 天明八年，1787年出版，介绍当时的饮食生活。译者注。

③ 信众参拜时，在千社札写上自己的名字，贴在神社与寺庙中祈愿。译者注。

桥下，把大小红紫、各式友禅半襟[①]挂在绳子上，此景宛如京都的春日风情，使人心旷神怡。再者，我看了穿着宛如黑田清辉先生[②]的钴蓝色和服男性，把各色布块放进四斗樽[③]里，以木棒用力搅动。在背后衬着点点绿意的灰色河原石头上，到处都晾着浓淡不一的鲜艳布块。我见了许多这样的景致。然而，假使在京都有一人在河原工作，五六人茫然看得出神，这景色怎么也不像油画，反而像是古代吉祥绘卷中的一小部分。我在京极一带迷了路，走在一条不知叫什么名字的市场大道，两侧的人家，例如鱼板店摆着浅红浅绿的条纹鱼板，鱼店不断摆出小鲷鱼、黑鲷、竹荚鱼、魴鱼，摆得十分好看，不过此景绝对不能以画布与颜料绘制，更像是祐信[④]、春信[⑤]的风格。

---

① 夹在和服的外衣与内衣领子处，可更换的衣领。译者注。

② 1866—1924，西洋画家、政治家。译者注。

③ 可放入四斗酒的大酒桶。译者注。

④ 西川祐信，1671—1750，浮世绘师。译者注。

⑤ 铃木春信，1725—1770，浮世绘师。译者注。

我经常在三条、四条一带的古董店看到英山[①]、歌麿[②]，与其放在今日的东京，放在这里似乎更合理，我甚至觉得这才是它们存在的地方。

点灯时刻，我从三条走到四条，沿着河岸的马路散步。走进门牌挂着“未开发地”、洛可可风情的老夫妇家中时，一股更不可思议的情绪揪住我的心。柳影之间，已经可见映在水面的灯火。

我拜访许多人，却没能见上任何一面。当天晚上，我抵达神户。

（3 月 29 日，于神户）

来到这里之前，我曾与 HY 造访你现在住的木桶店，不巧你不在家，真是可惜。在此之前，我们和另一个人，总共三人一起前往中泽弘光[③]的工房，然后才去找你。

坦白说，我们想在参观京都之前，先到中泽先生

---

① 菊川英山，1787—1867，浮世绘师。

② 喜多川歌麿，1753—1806，浮世绘师。译者注。

③ 1874—1964，西洋画家、版画家。译者注。

那里体会“京都的预感”，不巧京都的素描都送去制版了，无缘得见。我们绝不可能用自己的眼睛去欣赏自然的风景，靠的都是引导当代的大师。例如，初春时分，见了佃岛河畔河原嫩草灰绿的新芽，一定会想起黑田先生的范本。至于东京的自然界，我们总是品味黑田先生与广重[①]的安排，京都则是祐信与中泽，没能感受到中泽先生的情趣，实属遗憾。

还好，看了你的温泉素描集。温泉本身就是性感之物，使人愉快，若是换算成绘画的标准，也必须是有趣的绘画。光是想起以白色裸体与紫色温泉平静表面为主体的协调配色，就能激起我的食欲。

你说你要用油来画浴泉图。丹前风吕[②]与罗马浴场正是灿烂文明的极致。我不禁寻思，如果这国家容许窦加那厌恶一切庸俗，追求新奇的冷酷观察眼光，从市井小民的生活中找到这类绘画的题材，不知该是多么有趣。纤细的肩胛骨，制成雕刻的效果也很好。在温暖的水蒸气烟雾中，“白色调和”的效果更好，

① 歌川广重，1797—1858，浮世绘师。译者注。

② 江户前期，江户、神田一带的大众澡堂总称。译者注。

十分适合色彩画家的画布。清长[①]有两幅罕见的浴泉图，我在上田柳村[②]老师的《漩涡》中，得知其中一幅到了窦加手里，觉得很稀奇。

（3月29日，于神户）

29、30日，雨天。30日下午，天空才逐渐放晴，我跟别人一起到神户市内观光，不过都很无聊。横滨到处都留着我们所谓的“异人馆风情”，神户却不曾留下一丝痕迹。城市里所见的景象，不是垂直就是水平，不是水平则以四十五度或六十度角，朝眼前直扑而来。从附近的西式建筑到远方船舶的帆樯、港边的起重机，栈桥上的铁轨拉车、各种烟囱、正午报时台都是如此。色彩则是红砖、屋顶瓦片、涂着油漆的壁板，偶尔可见白杨树丛，它们全都笼罩在灰色的金属气氛之下。街头也遇不到一个称得上美女的人。气派店铺的老板和总管，脸孔仍然未经都市化，还残留原始的殖民地风情。招牌上的东京风或是江户热门等形

---

① 鸟居清长，1752—1815，浮世绘师。译者注。

② 上田敏，1874—1916，评论家，诗人，翻译家。译者注。

容词十分土气，令人不悦。

在东京腔的句尾加上大阪、京都、伊势[①]、中国[②]一带的方言，差不多就是神户人说的话了吧。

我没遇上什么奇闻逸事。只有昨天神户至兵库之间的电车试营运的时候，荣町来了很多人，看得入迷。神户有比较高的异人馆，看起来多了几分西洋风情，不过我看了这光景，却像是见了明治初年清亲[③]、国辉[④]的名胜图，愚蠢至极。

昨晚到附近的澡堂时，大家一直在聊电车的话题。一名男子说火车还要找人看顾平交道，不过电车就没有了，对小孩比较危险，柜台的老板娘点头说："你说的没错。"

（3 月 31 日早上，于神户）

昨天来到大阪，消磨一日。之前每天都在下雨，

---

① 今三重县。译者注。

② 日本旧时将本州西部鸟取、岛根、冈山、广岛、山口县统称"中国地区"，后改称"山阴山阳地区"。译者注。

③ 小林清亲，1847—1915，浮世绘师、版画家。译者注。

④ 歌川国辉，生卒年不详，江户时代的浮世绘师。译者注。

只能待在充满中国情调的地方，读一些《芥舟学画编》与《沉氏画尘》之类的书，昨天一整天都糟蹋了。那天上午，我们去各个热闹的路段、河岸、桥梁观光。我认为都会的标准形态，就存在于桥梁之中。从京町到平野桥，还有来时路都呈直角的思案桥、博物馆、农人町、住吉町，一直走到道顿堀，然后折返回中之岛。大阪的河岸与东京大异其趣。这点篇幅无法传达两者在感官上的细致差异。

每到夏天，大阪的河岸就会架起黄色的壁板与竹帘，尽管如此，还是有跟尼崎桥一带差不多，可以看到不少白墙仓库的地方。不像东京有那么多红砖。白墙有两个，最多有四五个小窗子，我觉得那窗子仿佛在暗示些什么。白墙上经常漆上酒类品牌。最常见的就是福翁、白鹤、金霞、○○正宗，还有画着海浪与日出的朝日啤酒。

走在尼崎桥上，我突然觉得自己仿佛置身于东京的今川桥。我记得那座桥前面的河岸人家，最前面那排种着茂密的常绿树，还有夏天就挂着的风铃，挂在那里，被雨打湿了。这里两侧的人家，除了刚才的仓库之外，面河的两侧大部分都是立着玻璃拉门的人家。还有加上小栏杆的扫出窗，窗子向外凸出，总是放着松树、万年青、桧树盆栽。屋檐底下晾着红色更纱的风吕巾[①]（这个风吕巾是现在东京也很少见的图案，先染成红底，再染上黑色与白色的图案）有些屋檐晾着尿布……在错综复杂的风景后方，在众多大阪风建筑杂乱无章的屋顶上方，可见耸立于远方的晾衣架。晾衣架上挂着好几条手巾，随风摇曳。在今川桥也能见到同样的景色。大概是第三代广重[②]也曾画过这样的情景，跟鸣海宿[③]挂着鸣海绞染[④]的店一样，勾动擅长绘画者的绘画之心。

城壕的水比东京干净。木材小舟、载着肥料桶

① 用来包东西或收纳物品的方形包巾。译者注。

② 第三代歌川广重，1842—1894，是第一代歌川广重的门生。译者注。

③ 江户时代整备的东海道五十三次（驿站）中，第四十个驿站，位于今名古屋市。歌川广重曾绘《东海道五十三次》。译者注。

④ 爱知县名古屋盛产的工艺品，在木棉布染上蓝色图案。译者注。

的小船，悠然划着船桨，穿越桥下。桥上毕竟无法写生。大阪的桥都是西方工学之前的产物，就算是铁栏杆的桥梁，只要开来一辆车子、一辆马车，总会摇摇晃晃，使人晕眩。

从京屋町通往平野桥那条又窄又热闹的马路上，一家二手书店门口挂着浮世绘的广告，每次见了都觉得害羞。我想那大概是翻印的吧，其中一幅是春信（应该是吧）的，沐浴中的女子身材非常好。后面立着一座屏风，上面挂着和服。前面则是春信惯用的手法，线条纤细的轮廓，面容相同的女子用小脸盆盛接热水，线条写实却不会使人不悦，少了罗丹与马奈素描的冷调知性，多了几分柔美，而且线条除了画出肉体轮廓之外，更是刻意添了几分不必要的冶艳，于是整幅画带着浮世绘的感官之美。

其他还有歌麿与湖龙斋[①]的版画，不过很无趣。大概都是十几年前的德国翻版吧。这种画就够多了，人们却想要找真迹，除了崇尚稀有之外，大概没有别

① 礒田湖龙斋，1735—1790，浮世绘师。译者注。

的理由了吧。江户的浮世绘，不管是放在现在的大阪或东京都很适合。在大阪散步，又比在京都散步还愉快。京都已经习惯面对众多漫游的人，无法在不让对方发现自己是旅客的情况下，窥探他们的真面目。也有不少舞伎与外国人的强烈对照这类吸引画家目光的情景。相反地，大阪宛如传统老店，自始至终维持原貌。

马路窄到让人担心的地步，因此，两侧人家的屋顶自然比较低。鱼板店一如往常，摆着红绿相间的彩色鱼板，寿司店的寿司排列方式、鸡肉店招牌上的航道标志、红豆汤店的四角灯笼、乌冬面店的灯笼，宛如草双纸[①]的封面，呈现如出一辙的趣味。

我甚至曾在南区某条路的当铺，看见漆成红色的格子拉门外头，挂着一块写着“心学讲义，藤泽老先生讲经”的板子。昨日的阴天是氧化银的色调。在神户到大阪的平原之间，我看到枯草与青草，呈现几乎使心脏冷却的舒爽色调。

（4月2日，于大阪图书馆）

---

① 江户时期出版的各式含插图的娱乐小说。译者注。

昨日来到大阪，正好遇上医学会大会，于是我悄悄潜入，瞧瞧这严肃的光景。我正好看到大泽老博士以一头白色短发配上黑色大礼服，在三千名听众之前，讲述现在生理学的进步。

后来，我离开之后，又在大阪的街头散步。如果你这个大阪通在我身边，大概能更进一步入侵视觉之外的大阪，肯定很愉快吧。

看着大阪的房子，可知这里只有一种阶级。这么说也许太夸张了，总之，就一般的意义来说，这是一个工商阶级的城市。因此，这城市的店面很适合悬挂浮世绘，我想义太夫[①]依然能融入这城市的风情。搭电车遇上的若不是绑角带[②]的商人，就是穿西装的上班族。听说官员到了大阪，往往会变成商人的模样。

走在京都时，看到许多无用的事物，十分宽阔，马上就令人生厌，不过到了大阪，即使是街头一角，都能捕捉到生活的浮光掠影。京都……恰如艺伎与舞

① 由竹本义太夫创始的净琉璃。译者注。

② 男性和服腰带的绑法，在江户时代，是商人、工匠专用的绑法。译者注。

伎，整座城市完全是针对他乡客的设计，大阪宛如一名乍看之下冷淡的商人，不管别人的事，只顾着为自己的家庭奋斗。因此，不管是千日前还是道顿堀，都有一种在东京浅草、京都京极看不到的趣味。生活也是偏向简单与实用。像是街头的各家餐馆，与其说是为了来大阪参观的异乡客，更像是为了提供该市市民的休闲与方便。与东京不同的是，游乐的街道都集中于一区，鸟瞰这城市，不像东京那样散漫，更像是一个有机体，可以玩味大阪市的形态与生态。

千日前点灯时分的人潮，可以让旅人（无须抱着异乡人的心情）以一个市民的身份，亲近这座城市。我这才明白这里的人潮、杂乱的表演，有什么样的重要性。

肮脏的剧场与色彩斑斓、刺激视觉的招牌彩绘（大阪不像浅草，还没采用便宜的油漆画）、三味线、太鼓与单簧管，演出春田座的《兵营之梦》、第一大阪馆的《河内次郎》、荣座的《住吉舞　稻荷山》、日本馆的电影、常盘座的《忠臣藏宣传》，还有女义太夫竹本春广、其他如钓鱼或相声等，反映出人类的需求，诱惑着路上的行人。

基于想在短时间内尽量了解大阪的欲望，我片刻也不曾停歇，希望能多看一些表演。我曾经听你说起有个叫作播重的相声表演，所以去看了一个小时左右。外面的招牌用现在流行的方式，以斗大的字体，饶舌地写着“全国女太夫[1]，学艺发表机构”。表演的是五官都还没定型、不经人事的十四五到十七八岁的女子，吟诵净琉璃复杂的字句，她们还无法完全理解其中的艺术情趣与热情（与其他迫切要求这点的技艺完全不同），唱到悲叹的桥段，她们多少露出有点自觉的表情，同时由于发音困难，只能苦着一张脸，随着荒腔走板的乐器，龇牙咧嘴，瞪大双眼，看来真是可怜。同时，我知道这夸张的生理表现引起观众的兴趣，于是我对世间的精密安排也抱着相当乐天的看法。

然而，如果把它当成第一次表演的范本，又有另一种趣味。罗丹《哭泣之女》那样的表情并不稀奇，

---

① 女性街头艺人。译者注。

十分常见。要在擅长讽刺的窦加找出类似的画题，已经超出我的能力范围。需要更透彻的研究才行。我只能等待你的短篇与作品集。

前几天，我突然被一个粗哑的声音吓了一跳。“小竹，小竹，我等你好久了……”我当下就理解他的意思。大家立刻把视线转到他身上。他可能是已经安排好的喝彩者吧。古铜色脸孔，年纪很大的老爷爷，以指尖轻抚火盆边缘，若无其事地低着头。这对比实在太滑稽，不过人们的视线却不如预期，慢慢地回归原处。

我经常想要观察艺术△Illusion+△Connaissance[①]的极限。过去的美学似乎只论艺术虚伪感的极限。举例来说，就像是人声编织的旋律、浮在旋律之底的人声，我们必须在这两轴之间摆荡，寻求艺术鉴赏的心理作用。抑或是我们必须反问，在那个艺术不将人与幻境划分的时代，人类的思想是否已经完美？如果问我这个问题，我大概也不知如何作答吧。芝翫[②]表演

① Illusion：幻觉，Connaissance：认知。译者注。

② 中村芝翫，歌舞伎表演者。译者注。

《八重垣姬》《茜屋的阿园》[①]时，东京座与歌伎座大入场[②]的喧闹，经常能看到艺术与现实的交错。

如今，稍具姿色的女性太夫[③]，在义太夫演出时，以带着鼻音的女声唱着“能活到此都是为报吾身之仇”，以右手的扇子轻敲左手掌心，跪坐着挺直上半身，不一定会闭上眼睛，露出回想的表情，以流畅的节奏歌唱，大部分的观众一定会感动地拍手，或发出毫无意义的喝彩。因为这是一个完全不用拘谨的地方。假如有个洞悉艺术的人，肯定能从日本的材料中，创造出让罗丹声名大噪的那类作品。

离开道顿堀，弁天座前非常热闹，于是我又进去一探究竟。不过迟迟等不到揭幕。揭幕之后，竟是东京剧团为了迎合大阪观众的戏码，我觉得非常无聊，立刻离开了。

---

① 两者皆为歌舞伎的戏码。译者注。

② 位于二楼最后面，最便宜的座位。译者注。

③ 此处指能剧、歌舞伎、净琉璃的高等艺人。译者注。

“高丽屋[①]算是第一吧。”

“左团次[②]也不错啊。”

“两者都称不上第一啊。”

我听着他们的对话。这里的服务生是一名穿着绣家纹的直条纹和服的女性。这些女性操着大阪腔，反应很快，讲话又像是连珠炮。

昨天下午，我经过道顿堀的马路时，有一场广告化妆品的街头表演。不晓得是柳节还是佐和利节[③]，敲着钟和太鼓叮叮咚咚地经过，我心生佩服，大阪不愧是大阪。穿着黄绿色短围裙的女服务生回头看得出神，背着铁丹染[④]包袱的总管也停下脚步，两三个女服务生在茶屋前手牵手看着表演，俨然就像浪华[⑤]风俗画卷的主题。

---

① 歌舞伎的屋号，包括松本幸四郎、市川染五郎、松本金太郎等。译者注。

② 市川左团次。译者注。

③ 柳节与佐和利节指的是乐曲。译者注。

④ 一种红色的颜料，又名红壳染。译者注。

⑤ 浪华泛指大阪。译者注。

我经常在市区看见卖肩衣[①]的商店，这时，我感到自己被一股未知的“市区散步者情趣”侵袭。尽管如此，我还是喜欢大阪。更何况一起搭火车的人、可以借火点烟的人，大家怎么可能不懂这些传统技艺。

（4月2日，于大阪图书馆）

今天下午，我来到大阪图书馆。正好遇到特别展览，我想借的书都不在馆内，无缘得见，实属遗憾。还有《松之落叶》，我要找的不是元禄[②]时期的小呗[③]集，而是那个藤井不知道叫什么名字的人的随笔集。

在我的再三请求之下，他们让我进入展览室，在双手碰不到的玻璃陈列柜里，摆着《浪华岁时镜》《新板丰年拔参宫》《道顿堀雇员风貌浪华特色（？）伊势白粉》《新町根里毛农姿番组》《浪华风情》《浪华青楼志》《大阪新町细见图》《淀川两岸胜景图会》《画本四季之友》等风俗画的绘本。这类型的绘本，

① 古代平民穿的短版无袖上衣。译者注。

② 日本年号，1688—1704。译者注。

③ 一种短民谣。译者注。

从安永[1]、天明[2]到天保[3]期间的江户，多如牛毛，无法计数，京阪似乎比较少。元禄时期可能比较多吧。

在昏暗的房间里，我突然想起上方[4]的风雅与江户气概，这才察觉相对于前者偏向心理，后者明显偏向外表（形态）。比较西鹤[5]、近松[6]之类与洒落本[7]、草双纸，来推论当时两都的文明，应该十分有趣吧。

（4月2日夜，于前往神户的电车中）

昨天午餐顺便向人请教事情，所以在一家叫作

---

①②③ 日本年号。1772—1781。1781—1789。1831—1845。译者注。

④ 江户时期的京阪地区。译者注。

⑤ 井原西鹤，1642—1693，江户时代的大阪浮世草子、俳句家，代表作为《好色一代男》。译者注。

⑥ 近松门左卫门，1653—1725，江户时代的净琉璃、歌舞伎剧作家，代表作为《曾根崎心中》。译者注。

⑦ 江户中期至后期的小说，内容以游郭趣事为中心。译者注。

“梅月”的天妇罗店用餐。平常在这里总能见到纯粹的大阪人，今天的时间已经晚了很久，没能听到人们用大阪腔聊一些市场行情的八卦。

后来，虽然已经很晚了，我还是去看了文乐。我还记得你写的印象记，差不多读了一年半，本来以为会很厉害，没想到我不怎么感动。刚开始说《释迦诞生会》是近松的作品，我就觉得很蠢。其实这次我把在东京来不及看的印度王原稿一起带来，看了这场戏，我只想把它烧掉。不过第二场摄津大掾①的阿波鸣门出语②，让我尝到一种“修复的音感”。不过我不晓得这份感觉有多少来自传统，有多少来自我投入的理解与感情。我不太相信自己听音乐的“耳力”。因此，我佩服吕升③的《壶阪》④，不晓得是我真心佩服她，还是因为摄津的艺术一直带给我少许的压迫感，

① 竹本摄津大掾，1836—1917，义太夫节的太夫，明治时期文乐的代表。译者注。

② 通常人形净琉璃的太夫与伴奏会在幕后，出语则是与人偶一起登台演出。译者注。

③ 丰竹吕升，1874—1930，女义太夫。译者注。

④ 文乐的戏码《壶阪灵验记》。译者注。

也不晓得是不是我耳朵的问题。

由于摄津的年纪与优雅的相貌，加上伴奏广助[①]的面貌，事实上，我对这位艺术家抱着一种浪漫的崇敬之情。七十岁的长眉老翁含蓄的表情，刻画着过去漫长时间的艺术生活，使我感到一股动人的柔情。这时我画了两张脸部素描，有幸赢得邻座客人的赞赏。

坐在我隔壁的是来自东京的客人。其中一人是年近五十的女性，似乎是商人家的主妇，看来品性端正又很大方。我问了她到大阪观光的感想，她说来到大阪之后，完全打消了想要退休的念头，觉得人应该努力工作，至死方休，我觉得她的感想有点奇怪。她的想法有点似是而非，不过这是很正经的感想。与她同行的是一名年过三十，看起来也像商人的男子，在他的解释之下，我总算了解她的想法。他们从东京来到大阪后，觉得在东京做生意根本就像儿戏，再说到大阪人热爱时间、崇尚金钱，提到他对大阪（很不巧，我忘了名字）一家老股票公司（他说大概是日本第一

① 丰泽广助，这里指的是第六代，1842—1924。译者注。

吧）的印象。我现在还记得他赞赏的部分内容，大概是那家公司很大，屋子却是又窄又脏，老板的穿着也很随便。东京比较大一点的中盘商，延迟付款是常态，表示大家对金钱比较通融。大阪则是锱铢必较，严格遵守时间。东京人到大阪做生意的时候，一定要非常正直。只要稍有投机取巧之举，立刻就会被大阪人那宛如鹰眼般的锐利目光看破，再也不肯与他往来。而且遇到这种事的时候，他们会像中国人一样团结。

“就是那个。”他指着前面架高的座位说：“你看。来这种地方，还要带瓶子，从家里装酒来。然后再请人送火来，自己热来喝。那个座位也是，包在风吕巾里，从家里带来的。”

对此，我的回答是大阪演剧类的表演价格低廉。拿现在的文乐来说，后面的座位只要花十二钱，就能听上一整天。剧场也不像东京那样，有一幕见[①]，东京的大入场在这里差不多只要十钱或十五钱。

那名男子说：“大阪人真的很悠闲。竟然能待在

---

① 只看其中一幕的座位区。译者注。

那种地方，乖乖看一整天中场休息时间很长的戏。”

在那段期间，舞台上的人偶长相非常夸张，给我留下深刻的印象，看起来颇具漫画的风格，同时，也是因为操偶师精巧、毫无破绽的动作，那不稳定的生动表情，助长了炫目的动作，人偶看起来像是在愤怒地掉泪。

不晓得演到哪一段，摄津说：“我正想与你分头搜寻。”架高座位忽然有很多人拿手帕拭泪。就连伴奏的广助，那张泛黄、有点贫血、宛若老妪的面容，都泫然欲泣，努力地弹奏三味线。这时，我听到附近的人批评：“广助的配乐究竟跟不上啦。”我思量着这话的真实性，又迷失在之前提到的Illusion与Désillusion[①]世界中，不过坐在我前面架高座位的六七岁的男孩，不晓得在想什么，一直挺直了背，以不可思议的迷惘神情，盯着沉迷在未知情绪海的你，看得出神。

“笈折[②]啊，双亲尚存的孩子，两边都要茜

---

① 幻灭。译者注。

② 参拜用的无袖外衣，可以避免背上行李的摩擦。译者注。

染[1]……”讲到这一段的时候，我这才惊觉自己已经落入幻想的世界。方才只能凭感觉体会十郎兵卫家的悲剧[2]，以及双亲还在世，所以笈折两侧的边缘都要用茜染，这些特殊的事实描写，如今宛如鸦片，转瞬使我的感觉迟钝。宛如我亲手碰触实品，体会到艺术的真实感觉。后来，说到“也没放下绑下摆的绳子，行李也还背着”处，我也有点震撼。我再次想象出小女孩四处参拜，精疲力竭地睡去的模样。

虽然戏演得正精彩，不过我的时间到了，只好离开，我感到一股连自己也无法控制的怒意。

当天夜里，我回到神户就寝后，久违的听力幻觉向我袭来。好久没有这种经验了，自从十四五岁过后，我就没尝过这滋味了，在黑暗的浅眠中，我的心灵表面突然响起三味线的琴声，听见有人咏唱，我下意识地听着，不过这是一件愉快的事。

（4月3日，于京都）

---

① 以茜草染成的织品。译者注。

② 此为《倾城阿波鸣门》的桥段。译者注。

因为临时有事，我必须搭今晚的快车回东京，心里却有点遗憾。我心想，把今晚之前的时间都花在京都吧，今天早上来到这座城市。不管是奈良还是堺市都好，我想要更深入了解大阪。除了在东京座的花道或猿之助[①]的剧场欣赏雁治郎的表演，我想在大阪那旧式剧场的气氛下欣赏。我大概是想在那里找一些东京戏剧看不见的人物吧。毕竟上方文明的都会教育，根基比起只有三百年的江户更深厚，大阪人应该比江户或东京人更了解人生，风雅一词也不是江户，而是上方创造的，这应该不是偶然。

来到京都后，我竟然在车站就遇上和尚，让我觉得不寻常。接下来，在我到达四条的路上，卖黄铜烛台的黑暗店铺、大牛、河柳、众多旅馆与古早味的桥梁，都刺激着我的视觉。这些景物再加上到处都是寺庙、古塔、舞伎以及人力车上的西方妇女，大致可以想象京都的情景。

黑田清辉的《小督物语》灵感来自他偶然在路

---

① 市川猿之助，歌舞伎的名号。译者注。

上遇见的人群，僧侣、艺伎、舞伎、嫖客、割草的少女，他们才是京都真正的 Eléments（元素）。他们的布局让我想起以前绘卷的风俗画，像是歌谣常见的叙事风格（例如道成寺前，主角在白拍子[①]后方跳舞），其实指的是较早之前，就像蛇暗示的意思，避免直接画出历史的风俗画。再加上一些情趣，意义更丰富了。而且他画中的人有点西洋味，对照之下，显得这画更有趣了。

想要从现在的京都生活中，绘出一幅风俗画，西方人已经是不可或缺的要素了。横滨、神户也是如此，京都与外国人，现在已经是怎么也分不开的存在。

在三十三间堂[②]的黑暗中，立着许多金色的观音像。天花板的大灯笼，放出摇摆不定的光圈。“由人皇七十七代后白河天皇建立……供奉一千零一尊，亦即三万三千三百三十三尊观音像。”[③]……向导的小和

---

① 能乐中扮演妓女的角色。译者注。

② 位于京都东山区的佛寺。译者注。

③ 据《法华经》记载，观世音菩萨有三十三种化身。译者注。

尚以令人昏昏欲睡的旋律诵唱，一群肤色不一的西方女子显得格格不入。

我在博物馆看了从镰仓时代到信长时期的各种吉祥绘卷。继浮世绘之后，我最喜欢这些风俗画。不管在哪个年代，平民生活与艺术总能打动我的心。

听说是大谷光瑞[①]大师捐赠，在敦煌发掘的佛头像，泥土塑像美得叫人心痛。

（4 月 3 日早上，于京都）

现在，我和别人来到四条桥畔的餐厅。为了消磨都舞开演之前的时间，另一个原因是我不想劳动身体，想看看京都主动呈现在我眼前的风貌。

我进餐厅的时候，里面已经来了两个洋人。从他们浑厚的咬字，我立刻得知他们是德国人。后来，又来了两个他们的同伴。

我们背后的窗户下方就是四条桥畔，那些钴蓝色的人群忙着处理晾成一整排的友禅印花棉布。

---

① 1876—1948，宗教家。译者注。

由于玻璃不是平面，浅蓝绿色与亮褐色的图案宛如隔着热浪似的，闪闪发亮，非常好看。在一列布料上方的远处，有一座轮廓跟广重一样方正的黑色梅村（？）桥。草木呈现无精打采的日式黄色调，在它旁边，几排晾在亮紫灰色小石头上的黄、紫、蓝绿花样的布块之间，形成一种协调的愉悦色彩。河原的水边，贴了包装纸的竹笼积成两三处。两三个人在一旁边说话边工作。有个人一直在转动不知道是什么用途的齿轮。有个人穿着黑裤子，直接涉水把河里的橙色长布条拖出来。有些人拿下吊挂着的蓝绿色友禅，两人一组拉紧，然后靠近，再次拉开比之前还近的距离，又靠近，把对折的布折成四折、四折折成八折，又折成十六折，放在石头上。于是吊竿之间的绳子多出空间，河里那个人又把变色的印花棉布挂上去。

京都与大阪，这些城市及生活形态跟友禅一样色彩斑斓，就像抱一[①]画的菊瓣一样美丽。然而这里的生活除了乳金、代赭、群青等日本的色彩之外，也兼

① 酒井抱一，1761—1829，画家。译者注。

容翡翠绿、玫瑰红等西方的色彩。如果能将那两三个晾布的人画在粗目画布上，肯定是一件乐事吧。

除此之外，也能参考祐信与清长的观点。在祐信的绘本中，有一幅画是一名女子窝在暖桌里，旁边有个小火锅。门外积了雪，外头一名男子正在收伞。这就是在河边响着低沉乐声的屋子窗户里，看着河原晾布的趣味吧。不过说这种话，大家可能会觉得我对游仙窟[①]有所憧憬，对我不利。“Olenti in fornice”是贺拉斯[②]的领域，“祇园手册”则是吉井勇[③]的专长。[④]

介绍一下我所见的四条桥吧。有个叫“鸿台”的酒标广告几乎遮住对岸房子的屋顶。那里有面红色的旗子，上面印着没染色的白色“丰竹吕升”。还没点灯的仁丹[⑤]夸张地立在屋顶上。栏杆电灯的圆顶光泽有如滑石，现在是沉稳的紫色。军队行经下方。又经

① 唐代传奇小说，这里暗指妓院。译者注。

② Quintus Horatius Flaccus，公元前65世纪—公元前8世纪，诗人。译者注。

③ 1886—1960，诗人。译者注。

④ 两者皆暗指妓院。译者注。

⑤ 喉糖。译者注。

过一群汽车、人力车、货车、乡下姑娘。共乘的人力车上，可见两名舞伎的发髻。看似老板娘的女子带着女仆，女仆手上拿着一大叠戏剧传单。又有两名女子，各有一男子为她们打阳伞。那些是在祇园那里的房子发广告，“喂喂喂”，大声帮忙叫那个谁谁谁的小妹的人。青色桥梁的栏杆处，站着两个外国女人。等一下天黑了，应该颇有伊斯兰风情。

京都女子的容貌，美得有如拼贴照片。在脂粉之下则少了深入刻画个人特色的 Morbidezza[①]。

啊，河岸的灯逐渐亮了。我们必须离开了。

“喂喂，大姐，算账！”

（4月3日，于京都）

我看了两三个奇妙的光景。若你知道我用毕尔·罗逖[②]的观点来看京都，说不定会很高兴，不过我完全不在乎京都的传奇，怎么也无法舍弃漫画派的

① 细腻、柔美。译者注。

② Pierre Loti，或译皮埃尔·洛蒂，1850—1923，法国小说家。译者注。

浪漫眼光。用这样的眼光看待都舞之间的茶水时间，也会觉得十分愉快。更别说是外国人滑稽的发音了。

我们还是遵守那令人难耐的麻烦仪式，等人家泡茶。一群脸庞稚气，与服装、动作完全不搭的小女孩，奉茶的时候，把最大的茶碗放在最旁边那个上了年纪的外国人面前。

坐在他对面的是一群衣裙亮丽的西方妇女，她们好奇地瞪大双眼，“遮施踏（这是茶）”，稀奇地看着每个步骤，当第一杯茶放在同乡人的面前时，她们一起拍手。年老外国人红着脸，快活地笑了。

西方女人（全身黑衣的男人们也可以跟她们对照）与舞伎们都穿着华丽又鲜艳的衣物，令人想起西班牙苏洛阿加[①]的画，美丽的画面结构。再加上蜡烛与电灯的光线，酝酿出特别的气氛。

一名贪心的老婆婆向她附近的两三人，讨来画着糯米团子串图案的素烧点心盘。结果附近那群西方人以为自己的份也要交给老婆婆，全都拿给她，不出片

① Ignacio Zuloaga，1870—1945。译者注。

刻，老婆婆桌上已经摆了十几只盘子和没吃完的豆沙包，堂里的人哄堂大笑。不明所以的外国人也红着脸笑了。

如果在这群人潮中，精巧地描写一名不通情理的大阪人，的确会是一部超越《膝栗毛》[①]的细腻艺术作品。对于一个几乎不讲究风雅与人情练达的大阪人来说，经常因为都市人的自豪与恣意的言行，招致众人的反感与嘲笑。例如一个不懂茶道礼法的人，竟要求龙蛇杂处的人们及送茶小女孩们遵守“礼仪”，还大声斥责别人不懂礼数。膝栗毛仔细地观察方言与细腻的动作，才能获得现代人的肯定。“在京都的大阪人”是一个很好的试金石，可以发挥作者精致地理解、捕捉微妙关系的伏笔及 Sens pour nuance[②]（伊波利特·泰纳[③]的标准）。我已经厌腻那么多粗制滥造

① 《东海道中膝栗毛》是十返舍一九的滑稽小说，叙述主角从江户前往东海道旅游途中的各种趣事。译者注。

② 对细腻事物的感觉。译者注。

③ Hippolyte Adolphe Taine，1828—1893，法国评论家与史学家。译者注。

的艺术了。我想要的是精雕细琢的作品。在所谓的自然派作品中，我最喜欢德田秋声[①]，也是基于这种纯粹艺术家的见解。

都舞原本是低俗的艺术。这类靠人数取胜的艺术，只会造成眼睛与耳朵的疲劳，除了当成旅行的见闻之外，别无其他用途。在那宛如敲击木板的三味线、叮叮作响的钟声，还有“哈啊”和“呦咿”这些机械性的下流节奏之间，拖长了音唱道：“月——影——西斜——”配合慢吞吞的曲子做体操，毫无趣味可言。

（4 月 3 日半夜，火车里）

① 1872—1943，小说家。译者注。

◎作者简介

木下杢太郎

1885—1945

小说家、剧作家、画家，本业为皮肤科医生。出生于静冈县伊东市，本名太田正雄。1911 年东京帝国大学医学系毕业，先后历任爱知医大、东北大、东京帝国大学医学院教授，在真菌研究方面卓有贡献。以笔名木下杢太郎走红于文坛，深受同样兼任医生和作家的森鸥外影响，有“小森鸥外”之称。在学期间加入与谢野铁干的新诗社，开始发表诗歌、戏曲、小说与随笔等作品，并与文友组成文学团体，融合江户趣味与异国情调的享乐诗作获得好评，为“和魂洋才”的典型。出版有诗集《饭后之诗》和戏曲《南蛮寺门前》《和泉屋染物店》等。

大阪的忧郁

织田作之助

目前，我在京都写这份稿子。和烧毁的大阪相比，躲过战火的京都美得炫目，几乎让人觉得可悲。

一

再次提笔写大阪。不过，大阪实在难以下笔。近来，大阪根本没什么愉快的话题可写。即使有愉快的话题，也有不能写的苦衷。

虽然我答应了要写关于“聆听大阪黑市风景之声”之类的内容，却怎么也动不了提笔的兴致。

——这阵子，如果不写一段类似的前言，我怎么也写不出文章来。读者忧郁，我也忧郁。我笔下的大阪也忧郁。

我朋友有个麻烦的坏习惯，睡前非要喝（我没写错，不是如果能喝）上一杯香气迷人的咖啡才能入眠。他把咖啡当成安眠药，真是令人忧郁，被人以这种方式饮用的咖啡，恐怕更忧郁吧。

同样的，写大阪这件事，恰似永井荷风[①]与久保田万太郎[②]写他们深爱的东京，品尝充满大阪风情的

① 1879—1959，小说家。译者注。

② 1889—1963，俳句诗人。译者注。

芳香咖啡，刺激往日青春，有欢乐也有喜悦。一直以来，我都是这么做。尽管我的年纪还不到三十五，写大阪也算是以自己的方式回顾青春。不过，现在怎么会有人请我写回忆录？

身畔秋草花同语
毁灭之物惹愁思

我也不能像牧水[①]之辈，耽溺于感情之中。我必须写下香味尽失的大阪。不对，是无法品尝的大阪。充当安眠药使用的咖啡，仍然是实用的咖啡，今日的大阪，也沦落至实用的目的了。

我想有人会说，大阪本来就是实用的地方。错了。因为大阪以外的地方，实用性太低了，大阪则兼具风味与香气。如果说它的实用性比其他地方还高，也许有失客观，至少我相信大阪应该是香气迷人，值得细细品尝的咖啡。

---

① 若山牧水，1885—1928，和歌诗人，前面引用的即为若片牧水的和歌。译者注。

说到咖啡，目前大阪的闹市区（如今已经成了黑市）跟银座差不多，不少咖啡厅能端出香气一如往昔的摩卡与巴西咖啡。

不过，我们在品尝这些咖啡时，先是吓一大跳。

“在这个时局，怎么能喝到这种咖啡啊？他们到底是从哪里弄来这些咖啡的原料呢？”

如果只顾着惊讶，大概没资格谈论现今的大阪黑市吧。

大阪的黑市里，卖着一颗一百二十日元的栗馒头[①]。有人可能以为一颗才十二日元，太便宜了吧，正要买的时候，才听说是一颗一百二十日元，吓得魂飞魄散。如果会被这点小事吓破胆，一踏进大阪黑市，大概会以为来到另一个时空吧，这里一樽酒要价就要一万日元。

波德莱尔曾说：“吓别人，自己却不为所动，这是成为贵公子的第一条件。”

我觉得他话中的贵公子，大概是不要成为狂人的

---

① 包着栗子馅的日式甜点。译者注。

第一条件吧。

那里的所见、所闻都令人惊叹。我们还来不及处理惊叹的情绪，黑市已经不断变化它的表情，以紊乱的快节奏席卷而来，如果你对每一件事情都感到惊讶，大概撑不到明天吧。换个通俗的说法，哪有时间让你惊讶。

二

“什么都有，什么都卖。”

大阪的五大黑市代表——梅田、天六、鹤桥、难波、上六，走在这些黑市的人们，异口同声地说出这句话。

仔细想想，这阵子的日本人，不管是张三还是李四，口中都是这个惯用句，而且只有这一句。我不想当张三，也不想当李四，所以我总是提醒自己，不要说这句话。不过，如果要写大阪黑市，无论如何都会变成张三、变成李四——不对，是变成鹦鹉，只能向惯用句低头。

“什么都有，什么都卖。”

因为这句话就能道尽大阪黑市的特色。

举例来说，这里有卖主食，有卖私烟。只要你有钱，走进黑市，无论何时，就算半夜也能吃到白米饭，都买得到香烟。听了这件事，东京人应该会吓得说不出话来，蹙着眉头，或是羡慕不已吧。

警察当然会来取缔。特地在某月某日发表声明，预告即将打击贩卖主食与私烟的摊商，已经发表了十几次，也曾经临检。不过面包店与咖喱饭仍然没有从街头消失，此外，梅田新道的两旁，几乎都是比邻接踵的私烟摊商。

6月19日，大阪某份报纸刊登了以下的报道。

大阪曾根崎分局于19日上午九时，派出约五十名制服警员，强制取缔梅田自由市场的烟商，在当时的混乱中，有人持木棒、砖头闹事，造成数名人员轻重伤。伤者即刻送往北区大同医院接受治疗。

（目击者表示）大和农产工业的津田先生（化名）目击闹事现场，看到该分局警员身负重伤仍奋力执行勤务，他表示：

地点在梅田新道，靠近电车道的小巷子。一名便衣警员逮捕烟粉商人，这时，小巷子里冲出几个人，把他围住，用他们手上的木棍，拼命敲打赤手空拳的警员，警员立刻倒地，脸埋在水洼里。我还以为他死了。几秒之后，他又恢复意识，勇敢地往前冲。有个人双手拿砖头，在一旁埋伏，他向警员连续扔了两块砖头，警员还来不及反应，其他人又拿着木棒，从背后猛打他的头，那名警员终于不支倒地。

可是，这起事件发生的两天后，同一份报纸又刊出以下的报道。

私烟不畏流血取缔，仍然若无其事地聚在梅田新道。丝毫不怕昨日与今日，在那条小巷、街角上演的取缔闹事，“Peace”和“Corona”[①]仍然畅销。一名黑市商人仿佛在嘲笑曾根崎分局，今天仍然在取缔网的

① 日本战后的香烟品牌。译者注。

正中央，大喇喇地贩售香烟。他表示：

“警察跟专卖局取缔自由市场的烟也没用啦。这是专卖局自己从仓库拿出来大量盗卖的啦。”

相信东京人看了这篇报道，应该很震惊，不过我完全不惊讶。不只是我。大阪人也不会惊讶吧。

下面这件事也没吓到我。

最近，大阪的黑市有“警戒预报”和“空袭警报”的说法。不过这不是战争的警报，而是把“警报”当成警察取缔的暗号。再机密的临检，事前一定会走漏风声。这个叫作“警戒预报”。即将执行取缔的当天，则发布“空袭警报”。

前述6月19日的取缔，除了曾根崎分局之外，大阪全区同时取缔，次日再次扫荡，梅田都曾发布“警报”。不过，总有来不及逃跑的摊商，两天累计没收的香烟，竟高达十五万支。

来不及跑的家伙就有十五万支，所以整个大阪到底有多少盗卖（这也是一个讨厌的惯用句）的香烟呢？简直无法想像。

有人讽刺地说:“这阵子只配给碎烟,都是因为专卖局要囤积遭窃用的‘光’和‘金鵄’[1]。”

另一个人挖苦地说:“香烟要在7月1日涨价,都是为了要弥补专卖局屡次遭窃的亏损。”

窃案非常多,诚如私烟贩所言,盗卖猖獗。黑市里光明正大地卖私烟,就像在卖报纸一样,每个人也都可以像买报纸一样,轻易买到香烟,这就是大阪。

奇妙的是,五大黑市的私烟价格竟然完全一致,受到严格控管,而且每天的卖价不一,也就是浮动行情。听说行情每天早上由同一个人(也就是老大)决定,他的指令立刻送到五大黑市,以确保当天的行情一致。虽然这是我听来的消息,如果此事为真,这个人的统御能力应该在国家政府之上,反而让人觉得痛快呢。

① 两者皆为香烟品牌。译者注。

三

目前，我在京都写这份稿子。和烧毁的大阪相比，躲过战火的京都美得炫目，几乎让人觉得可悲。

京都本来就是个美丽的都市。想到这是唯一躲过战火的大都市，看在损伤惨重，烧成一片灰色的大阪眼中，如今的京都更美了，简直像一场骗局，更使人觉得大阪肮脏。

虽然也不是新闻了，大阪的确很脏，更别提黑市有多脏了。黑市已经脏到无法处理，只剩下中之岛一带及御堂筋还留下昔日大阪的美，其他地方尽像一条旧抹布，又旧又脏，还有点麻烦。

要说明“麻烦”这个字眼，本身就有点麻烦。复杂、奇怪、微妙、困难、暧昧……好像都有点似是而非，这个字眼就是很麻烦。

“那家银行这阵子有点麻烦。”

“两个人是麻烦的交情。”

“那条路很麻烦。”

“玉井是个麻烦的地方啊。”

“好麻烦的戏啊。”

每一个麻烦的意思都不一样。而且没办法用其他字眼来说明。

硬要说明的话，至少对我来说，最近的大阪很“麻烦”。走进梅田的黑市里，根本不知道走哪条路会通往何方，去了好几次都觉得自己走进迷宫，非常不安。

至少，我对大阪闹市区那一带，摸得一清二楚，知道走哪条巷子会通往什么店，那家店隔壁又是什么店。走在大阪的路上，我从来没迷路过。然而，我到了梅田那边的黑市，只是个乡巴佬。我像个不熟悉路况的旅客，到处徘徊，只想赶快回车站。这里也没有熟人。

即使遇到熟人，他的眼光也像个四处张望的旅客。

也就是说，这已经不是我熟悉的地方了。我觉得自己好像被大阪抛弃了。就像是接到休书，被扫地出门的前妻，成了矿工或建筑师的小妾，不知怎的竟趾高气扬，遇到她的时候，她耀武扬威，冷淡无情，把头扭到一旁，管你去死。不管脸上抹了再多粉，只要认出鼻子旁边的小黑痣，你就知道她是你的前妻。

举例来说，前阵子我不高兴地想，大阪终究变成这种模样了吗？我在夜里的黑市迷了路，这时我突然瞥见角落的暗处，有人在卖萤火虫，两只五日元。在黑市里，这大概是仅次于擦鞋匠的寒酸生意。不过，我瞧见夜里的宁静悄然来到黑暗中闪烁的孱弱光晕之旁，那一秒，我觉得只有此处远离黑市的尘嚣，是肮脏、麻烦的黑市中，唯一的美好……我忆起仿佛被人遗忘的美好，在昔日大阪的夏夜闹市区一隅，或是夜市的边陲，与前妻重逢了……我觉得更像是梦见已逝的前妻，既怀念又感伤。

四

看了黑市贩卖的萤火虫，我油生美好的感伤，仔细想想，这感伤不是该被唾弃的吗？首先，这类型的感伤、这类型的文章，在战时都是打着“莫忘闲适的心灵食粮”的名义，十分泛滥，像是“工厂盛开的花朵”“在战火遗迹卖花的少女”，都是那些美谈佳话制造家的做法。

萤火虫的风雅很好。不过，我们不应该急急忙忙地将风雅当成散文的材料。这不是男子汉该写的文章。不如让萤火虫飞去，在祇园、先斗町[①]的归途，在流经木屋町的高濑川上飞舞的萤火；在高台寺的树木之间穿梭，宛如流星，又像是魂魄般，悠然浮现，倏忽消逝，飞行无碍的萤火，写那幽然青光，也好过那一只要价五日元的黑暗萤火虫。至少比它美多了。

这就是京都之美。京都原是大阪的小妾，与那饱经灾害，残破、污秽的老公——大阪分手后，反而出落得更标致、更明艳了，甚至还找回生机。京都曾是老旧纸拉门上的破洞，有气无力，如今换上新纸。前夫大阪要去京都找来免费飞翔的萤火虫，以两只五日元的价码出售。太悲惨了。

话说回来，大阪不愧是大阪。听说京都最热闹的四条通、河原町通的商店，战败后的资金全都来自大

① 位于京都中京区的花街。译者注。

阪商人。

听说最近还有大阪商人以五百万新元[①]买下四条通河原町附近的土地。

即使烧毁了，大阪依然是大阪。以这样的观点看来，我再次感到走在大阪闹市区、黑市时，与走在京都闹市区时，感到的差异。从京都前往大阪，走进黑市，可以感到一股庞大的压迫感不断逼上来，我甚至觉得被侵袭了。在未烧毁的幸福京都，不曾体验这种感觉。也许京都再次成了大阪的小妾。

东京黑市的商人，吆喝声强而有力，却比不上大阪各地黑市的魄力。

虽然分散各地，却像一颗竹陀螺，卷上绳子再抛出去，发出有力的嗡嗡声。

这股力量重振了千日前、心斋桥、道顿堀、新世界[②]。不过我不惊讶。原来如此，这些闹市区已经重建起来了。若是交给政府或国家来处理，大概连一个

① 因战后物资不足与通货膨胀，于1946年换发新货币。译者注。

② 皆为大阪地名。译者注。

组合屋都盖不起来，他们竟然能靠自己的力量，重建到这种地步，填平那些洼地。法善寺——法善寺横丁又称为食伤[①]横丁，在这个烧毁的遗迹里，二鹤与其他大家耳熟能详的餐厅又复活了。千田前的歌舞伎座横丁——以前中村雁治郎[②]去表演的路上，总会经过这条小巷子，也称为雁治郎横丁，这里的组合屋甚至比以前的屋子还多，符合食伤小巷的名号，整排都是餐厅。听了这些话题，还是觉得十分怀念，不过，我能否毫不在意地夸口说："大阪啊？千日前、心斋桥、道顿堀、新世界，啊，还有法善寺横丁跟雁治郎横丁，全都重建了哦。大阪真厉害。"

我曾在阿倍野桥的黑市餐厅，目击一名纤瘦青年用餐的情景。

他先是吃了咖喱饭，又吃了炸虾饭。接下来，他考虑了一下，又点了蛋包饭。

不久，他把蛋包饭吃光，喝了一些水，再次叫来服务生，点了咖喱饭。十分钟后，他又吃起握寿司。

---

① 指一直吃同样的食物，感到厌腻。译者注。

② 歌舞伎演员，这里指的是第二代。译者注。

我十分佩服他旺盛的食欲。豪迈的食欲甚至令我产生几丝敬畏。

“这家伙简直跟大阪没两样啊。”

然而，经我询问之后，这才得知青年罹患饥饿恐慌症，不管吃下多少食物，都会一直感到饥饿，只能忘我地大啖食物。原来豪迈的不是食欲，而是饥饿感。

我很容易被外表蒙骗。我突然想，大阪那厉害的重建力量，是不是跟这名青年的饥饿恐慌症相似呢？

即使千日前、心斋桥、道顿堀、新世界、法善寺横丁与雁治郎横丁已经重建，不对，重建得越完整，大阪那可怜的消瘦模样越是引人注意。

仔细想想，在黑市贩售香烟与主食，不，应该说是不得不卖那些东西，与其说是大阪的豪迈，更像是大阪可怜的垂死挣扎吧。

◎作者简介

织田作之助

1913—1947

小说家，昵称“织田作”。1913 年 10 月 26 日出生于大阪，1938 年发表小说《雨》备受同乡前辈作家武田麟太郎（1904—1946）注目，隔年发表《俗臭》获芥川赏候补，1940 年以短篇小说《夫妇善哉》获改造社第一回文艺推荐作品受赏，于文坛取得一席之地。擅以平民化方言写大阪庶民生活，战后，以敏锐的观点描写混乱世相与风俗，发表《世相》《竞马》，一跃而成流行作家，与太宰治、坂口安吾等同列无赖派、新戏作派。

本乡的林荫大道——学生街两样情

坂口安吾

然而，整个京都却像一条学生街。以河原町四条为中心的京都唯一闹市区，全被泛滥的学生占领了。咖啡厅就不用说了，连关东煮小店的椅子，都被学生占据。

在京都住了一年半，我回到本乡[①]，感受到的第一件事，是行道树之美。尽管京都三面环山，我几乎不记得市区有什么树木，大概连行道树都没有吧。

回到本乡后，我先和朋友到US吃午饭。从门口可以看见行道树，连这点小事都让我感到新鲜无比。对于巴黎人来说，咖啡厅的露台宛如另一个家，七叶树当然是他们永远都不会忘记的好朋友。行道树使我忆起青春。京都的街头一片死寂，也许是因为行道树极少的缘故。

然而，整个京都却像一条学生街。以河原町四条为中心的京都唯一闹市区，全被泛滥的学生占领了。咖啡厅就不用说了，连关东煮小店的椅子，都被学生占据。他们像在占地盘似的，不把旁人看在眼里。大家一起平分酒钱，一时喝醉了，就会说起无聊的笑话，或是跟女性搭讪，吵得不得了。与其说他们不像学生，倒不如说根本不像个人。

有个叫三宅的人，去年才从东京帝大[②]法文系毕

---

① 东京文京区。译者注。

② 东京大学的前身。译者注。

业，现在在京都JO制片场当剧本家。他在京都没有朋友，不知道怎么打发无聊的时间，不管天气再差，他每三天一定要来我这里玩。他完全忘记自己几个月前还是学生的身份，憎恨京都学生的横行霸道，把他们当成不共戴天的仇敌。原来如此，东京的学生不至于这么讨厌。逝去的青春，成了三宅君苦闷的源头。在京都，连学生不能去的酒店，里面的女子也要讨学生欢心。回到东京后，就连大学街咖啡厅的女子，所有的气氛，感觉都很成熟。学生的行为也比较低调。

虽然我住在本乡，但对本乡几乎一无所知。自从爱上酒之后，都忘了要喝茶，所以我几乎不进咖啡厅。尽管如此，我还是会去关东煮店，习惯在夜深人静的夜里，到街上走走，几乎不曾去百万石那种气派的餐厅。

牧野信一①在世的时候，曾经从百万石打电话给我。他抛下面前两位文组学生，喝个酩酊大醉，大发牢骚，看到我之后，高兴地握住我的手说："你真是

---

① 1896—1936，日本小说家。译者注。

个懂友情的家伙。”突然转到学生的方向，“切”地咂了一声嘴，同时一脸凶相，得意扬扬地说：“性欲是什么啦。我写不出罗曼史那种肮脏的小说啦。没到这把年纪，不懂友情的好啊。”

在他自杀的三天前，我决心让他从那座坟墓里搬到菊富士饭店，没想到我还没实现心愿，他已经搬到死亡之国。

就我所知，他到本乡露脸，也只有那一晚，走在本乡的街上，我却屡次想起那一晚的牧野信一。后来，我也在本乡的酒店，遇过无数个醉鬼，再也不曾有人跟我谈论什么友情啦，那些风雅到几乎奇怪的话题了。

前几天，一名文组学生告诉我，在本乡行道路之下，走得最英姿焕发的人物，就属中岛健藏[①]老师了。由于我曾在京都为了学生横行霸道所苦，想到在本乡行道路下，走得最潇洒，昂首阔步的人物竟然不是学生，而是我们的健藏老师，忍不住想要庆祝一番。健藏老师，不知您意下如何？

---

① 1903—1979，法国文学研究家。译者注。

◎作者简介

坂口安吾

1906—1955

日本著名小说家。本名坂口炳五，1906 年出生于日本新潟豪门世家。1926 年进入东洋大学印度哲学伦理学科第二科就读。后又进入法语学校初等科就读，热衷于阅读莫里哀、伏尔泰等文学大家作品。大学毕业后，和法语学校认识的朋友创办《言叶》杂志。二十五岁开始于日本文坛展露光芒。短篇作品《风博士》《黑谷村》获小说家牧野信一绝赞不已，将他一举推上日本文坛新进作家之流。战后发表的评论《堕落论》与小说《白痴》，构筑出一种颓废的“输家哲学”，更在社会与文学界掀起狂潮。1948 年唯一发表的长篇推理小说《不连续杀人事件》，获得第二届“侦探作家俱乐部赏”。

图书在版编目（CIP）数据

京都旧事：古都尘封的日与夜/（日）夏目漱石等著；侯咏馨译.
—北京：中译出版社，2022.4

（和风录）

ISBN 978- 7- 5001- 7025- 9

I. ①京… II. ①夏… ②侯… III. ①散文集－日本－近现代
IV. ①I313.64

中国版本图书馆CIP数据核字（2022）第046375号

出版发行：中译出版社
地　　址：北京市西城区新街口外大街28号普天德胜大厦主楼4层
电　　话：（010）68359827，68359303（发行部）；68359725（编辑部）
传　　真：（010）68357870　**邮　　编：**100088
电子邮箱：book@ctph.com.cn　**网　　址：**http://www.ctph.com.cn

出 版 人：乔卫兵　**总 策 划：**刘永淳
策划编辑：范祥镇　**责任编辑：**范祥镇　王诗同
营销编辑：吴雪峰　杨佳特　**版权支持：**马燕琦　王立萌　王少甫
封面设计：黄　浩

排　　版：中文天地　**印　　刷：**北京中科印刷有限公司
经　　销：新华书店

规　　格：787mm×1092mm　1/32
字　　数：99千字　**印　　张：**7.625
版　　次：2022年4月第1版　**印　　次：**2022年4月第1次

ISBN 978- 7- 5001- 7025- 9　**定　　价：**55.00元